In der Reihe „Tiere – Freunde fürs Leben“
sind bisher erschienen:

Band 1: Mira, die Heldin
Band 2: Cleos großer Sieg
Band 3: Gib nicht auf, Max!
Band 4: Minka, wo bist du?
Band 5: Einsteins beste Idee
Band 6: Fees großer Auftritt
Band 7: Sunny jagt den Dieb
Band 8: Minni kommt groß raus
Band 9: Lena & Niko, endlich daheim!

Tiere
Freunde fürs Leben

Wohin gehörst du, Ole?

Uschi Zietsch

Dino

Die Deutsche Bibliothek – CIP-Einheitsaufnahme

Ein Titeldatensatz für diese Publikation ist bei der Deutschen Bibliothek erhältlich.

Tiere – Freunde fürs Leben, Bd. 10

Dieses Buch wurde auf chlorfreiem, umweltfreundlich hergestelltem Papier gedruckt.

Cheflektorat: Petra-Marion Niethammer
Redaktionelle Mitarbeit: Silke Schlegel, Marisa Reinelt
Umschlaggestaltung: baumann & friends, München
Umschlagfoto: Juniors Bildarchiv
Bildstreckenfotos: Zefa/Schafer/Brakefield (2), Juniors Bildarchiv (1), Seehundstation Norddeich Marliani/Krohn (7)
Satz: Greiner & Reichel, Köln
Druck und Bindung: GGP Media, Pößneck

Wir danken der Seehundaufzucht- und Forschungsstation Norden-Norddeich für die freundliche Unterstützung.

ISBN 3-89748-592-3

Dino entertainment AG im Internet: www.DinoAG.de
Bücher – Magazine – Comics

Das Wasser lockt 7
Der Sturm 17
Wildschwein oder Heuler? 26
Badewanne statt Meer 35
Wiedersehensfreude 43
Bei uns geht's rund 55
Robert muss sich entscheiden 69
Der Mann mit dem Zwierbelbart 82
Entführt! 91
So ein Zirkus! 105
Sehnsucht nach dem Meer 118
Unsere Flucht 129
Auf Wiedersehen, Siri! 144

Das Wasser lockt

„Mama, bitte, darf ich endlich mal ins Wasser?", quengle ich zum hundertsten Mal an diesem Tag. „Es ist doch so schönes Wetter!" Ich robbe aufgeregt durch den Sand zum Wasser. Mama gibt sich ihrer Lieblingsbeschäftigung hin: Sie döst in der warmen Sonne auf einer Sandbank und antwortet mir, wenn überhaupt, mit geschlossenen Augen. Solange sie schläft, merkt sie bestimmt nicht, dass ich mich heimlich davonschleiche.

Weit gefehlt! „Kind, ich habe dir doch gesagt, es ist noch zu gefährlich!", ermahnt mich Mama, setzt mir nach und treibt mich unwirsch zurück. Sie gibt mir einen kräftigen Nasenstüber und knurrt mich an, weil ich ihr nicht gehorche.

„Die anderen dürfen doch auch rein, warum ich nicht?", maule ich. So einfach gebe ich nicht auf! Normalerweise bin ich ja ein braves und gut erzogenes Kind, aber das Wasser lockt einfach zu sehr. Ich will mit meinen Kumpels spielen, das muss Mama doch einsehen! „Du bist echt gemein!"

Alle meine Freunde toben schon lange im Wasser herum, nur ich nicht, das ist doch ungerecht! Ich glaube, keiner hat so eine strenge Mama wie ich!

Sie versteht mich überhaupt nicht und macht mir dauernd Vorschriften. Wenn sie endlich begreifen würde, was in mir vorgeht!

„Du bist nicht wie sie", belehrt mich Mama unnachgiebig.

„Wieso denn nicht? Wir verstehen uns doch ganz prima!"

„Ja, aber deine Freunde sind Seehunde. Du und ich, wir sind Sattelrobben. Das bedeutet, du trägst dein weißes Plüschfell länger als sie. Wenn du damit ins Wasser gehst, wirst du ertrinken, weil es sich voll saugt."

Ich gucke sie aus großen Augen an. „Wir leben doch die meiste Zeit im Wasser, oder nicht?"

„Ja schon, mein Dummchen. So kleine Kinder wie du brauchen jedoch ein schützendes Fell, sie haben noch keine so dicke Fettschicht wie ich." Mama dreht sich einmal um sich selbst, ihr silbergrau und schwarz gescheckter Körper glänzt in der Sonne. Sie ist ziemlich groß, und ich finde, sie ist die schönste Mama der Welt. Die anderen Mütter hier am Strand haben eher ein einheitlich braungraues, geflecktes Fell, und sie sind auch kleiner. Meine Freunde haben schon lange kein weißes Fell mehr so wie ich. Manche von ihnen haben sich sogar schon wenige Stunden nach der Geburt ins Wasser gestürzt. Nur ich hatte bisher immer das Nachsehen.

Stimmt eigentlich! Mama und ich sind anders, bisher habe ich nur nicht darüber nachgedacht.

„Warum sind wir anders? Gibt es hier noch andere von unserer Art?", frage ich wissbegierig. Mamas Antworten interessieren mich jetzt mehr als das Meer. Das Wasser kann noch warten.

„An diesem Strand sind wir die Einzigen", erklärt Mama. „Normalerweise leben wir hoch oben im Norden im ewigen Eis. Durch einen Sturm bin ich jedoch weit abgetrieben worden, und es gab um mich herum kein Eis mehr, kein Land, gar nichts. So bin ich immer weitergeschwommen auf der Suche nach Land und schließlich hier gelandet. Gerade zur rechten Zeit, denn bald darauf habe ich dich geboren, mein kleiner Wonneproppen." Sie streicht mir mit der langen Schnauze über den Rücken und knabbert an mir. Entweder ist sie besorgt und streng, oder sie knuddelt mich so sehr, dass es fast schon peinlich ist! Als ob ich noch ein Baby wäre! Hoffentlich hat das niemand gesehen! Es ist schon schlimm genug, dass ich der Älteste hier am Strand bin und weniger darf als alle anderen. Meine Kumpels machen immer Späße auf meine Kosten und ich kann sehen, wo ich bleibe.

„Die Seehunde hier sind sehr freundlich. Sie haben mich aufgenommen, und du hast Freunde gefunden. Hier sind wir auch sicher vor den Menschen."

„Den Menschen?"

„Zweibeiner. Du hast sie schon gesehen, wenn sie hier spazieren gehen. Man kann sie meilenweit riechen, doch hier tun sie uns nichts. Trotzdem muss man immer vorsichtig sein."

„Ach ja, diese langen, dünnen Wesen! Mit ihrem bunten Fell sehen sie ziemlich komisch aus, und sie scheinen nur aus Armen und Beinen zu bestehen. Sie plappern immer über komische Sachen, die ich nicht kenne."

„Hüte dich vor ihnen, mein Sohn. Sie sind unberechenbar. Im Norden jagen sie uns."

„Hier auch?"

„Nein, bis jetzt zum Glück nicht. Doch sie besitzen gefährliche Dinge wie Boote und Fischernetze und all so was. Du wirst noch einiges lernen müssen, bevor du zum Spielen ins Wasser darfst."

„Och, Mama, den anderen passiert doch auch nichts, und ich bleibe bestimmt nah am Strand!"

„Schluss jetzt!", befiehlt Mama.

Ich gebe erst einmal Ruhe. Vor allem, da Mama sich auf die Seite dreht und mich zu einem Umtrunk an ihre Milchbar einlädt. Da sage ich doch nicht nein!

Es ist auch ganz schön, in der Sonne zu faulenzen. Wenn es mich nur nicht dauernd überall jucken würde! Seit Tagen geht das schon so, und es ist mir auch viel zu warm unter dem dicken Fell. Ich werde gar nicht fertig mit dem Kratzen, und das ist mit meinen kurzen Flossenfüßen gar nicht so einfach. Ich krabble zu einem Felsstück, das aus dem Boden herausguckt, und reibe mich behaglich daran. Ah, das tut gut! Ich schüttle mich und will mich umdrehen – aber was ist das? Da liegen ja lauter weiße Fetzen, ist das etwa mein Fell? Erschrocken schaue ich an mir runter. Genau die Stellen, an denen es so gejuckt hat, sind jetzt kahl. Na ja, natürlich nicht so richtig kahl. Genauer gesagt kommt ein glattes, kurzes Fell zum Vorschein wie bei Mama. „Mama, Mama!“, quietsche ich aufgeregt. „Guck mal, ich verliere mein Fell! Es geht einfach so ab, wenn ich mich kratze!“

Mama blinzelt herüber. „Na, das ist doch ein gutes Zeichen“, meint sie. „Dann darfst du endlich ins Wasser und wirst mir nicht mehr dauernd die Ohren voll heulen!“

Ich juchze auf. Das Leben ist doch schön! Den Rest des Nachmittags bin ich damit beschäftigt, so viel Plüschfell wie möglich loszuwerden. Dann bin ich wenigstens kein Baby mehr, sondern eine Jungrobbe, und kann mit den anderen mithalten!

„He, Weißer, was machst du denn da?“ Pünktchen kommt angerobbt. Sehr elegant bewegen wir uns an Land ja nicht, weil unsere Flossen zu kurz sind, um uns darauf aufzustützen. Wenn man den Möwen zuschaut, wie sie auf ihren zwei Plattfüßen dahinstolzieren, könnte man glatt neidisch werden. Trotzdem können wir ganz schön schnell sein, wenn's darauf ankommt! Eine Möwe hat einmal ganz dumm geguckt, als Mama auf sie losgegangen ist, weil sie mich immer in die Hinterflosse gepickt hat. Ihr blieb nur die Flucht nach oben in die Luft, und von da schimpfte sie ganz fürchterlich herunter.

Pünktchen ist ganz nass und hinterlässt eine feuchte Spur im Sand.

„Ich werde mein Fell los, dann darf ich auch endlich ins Wasser!", antworte ich.

„Das solltest du auch, denn es ist herrlich! Einzigartig! Ich gehe gleich wieder rein! Warum kommst du nicht mit?"

Ich schiele zu Mama. Sie schläft schon wieder. Aber ich kenne sie. Sobald ich mich einen Flossenschlag wegrühre, kriegt sie es mit. „Ich weiß nicht."

„Mamasöhnchen!", Pünktchen macht sich über mich lustig. „Du bist ja auch der Kleinste von uns, obwohl du viel älter bist!"

„Nicht mehr lange!", belle ich zurück. „Bald bin ich so groß wie meine Mama, und die ist viel größer als ihr alle zusammen!"

„Du bist ein Angeber, mit deinem weißen, dicken Fell! Das warst du schon immer. Weil wir kein so schönes haben, meinst du, du wärst etwas Besseres!", zetert Pünktchen. Schnauze an Schnauze keifen wir uns an. „Überhaupt ist das hier unser Strand und ihr seid nur geduldet!"

„Dafür kommen wir von ganz weit her, wo du nie hinfindest!", gebe ich zurück.

Platsch!

Erschrocken weiche ich zurück. Ich habe gar nicht gemerkt, dass wir in der Aufregung ins Wasser gerobbt sind! Aber jetzt ist es passiert, die Flosse ist nass. Pünktchen ist schon einen Schritt weiter im Wasser und wedelt mit der rechten Flosse.

„Na, was ist? Kommst du jetzt mit, oder nicht?"

Ich zögere noch. Immer wieder sehe ich mich nach Mama um, doch sie hat mein Verschwinden tatsächlich noch nicht bemerkt. Das kann natürlich auch an dem heillosen Lärm um uns herum liegen. Junge Robbenkinder kabbeln sich eigentlich andauernd untereinander, das ist eben so unsere Art. Wir jagen uns, heulen uns an, bespritzen uns mit Wasser und und und ... Herrliche Spiele sind das! Ich bin immer mittendrin, und Mama denkt vielleicht, es sei diesmal ebenso.

Vorsichtig tauche ich die Flosse ein. Das Wasser ist kühl, jedoch nicht unangenehm. Es schwappt in einer sanften Welle hoch, prallt von meiner Flosse ab und spritzt mir ins Gesicht. Meine langen Barthaare sträuben sich, und ich muss niesen.

„Feigling!" Pünktchen ist schon ganz ins Wasser eingetaucht. Er schwimmt träge auf dem Rücken und wedelt lässig mit einer Flosse. „Du traust dich ja nie, so wasserscheu wie du bist!" Er dreht sich um und ruft den anderen zu: „Schaut mal, der Weiße ist wasserscheu!"

Alle lachen über mich. „Stimmt ja gar nicht!", rufe ich beleidigt, aber mir glaubt natürlich keiner.

Ihre Köpfe hüpfen auf den Wellen auf und ab und sie lachen mich mit weit geöffneten Mäulern aus. Sie grinsen schadenfroh und kommen sich mordswichtig vor, weil sie sich im Wasser schon auskennen und ich nicht.

Jetzt kann ich nicht mehr zurück, auch wenn es anschließend mit Mama Ärger gibt. Ich muss den anderen beweisen, dass ich kein Feigling bin und schon gar nicht wasserscheu!

Entschlossen robbe ich ins Wasser – zumindest nehme ich mir das vor. Aber es weicht dauernd vor mir zurück. Immer wenn ich denke, jetzt bin ich gleich drin, zieht es sich vor meinen Flossen zurück, und ich paddle mühsam weiter durch den feuchten Sand. Ich bin schon halb darin versunken, und es wird immer mühsamer.

„Nun komm endlich, alter Langweiler!“, neckt Pünktchen mich.

„Ich will ja, aber das Wasser nicht!“, rufe ich verzweifelt. Bei den anderen hat das doch so einfach ausgesehen. Jetzt gebe ich erst recht nicht auf! Ich bin schon pitschnass, der Sand klebt überall in meinem Fell, und das Meer liegt genau vor mir. Irgendwann werde ich es einholen, ich weiß es genau. Durch das Robben im Sand gehen mir auch noch die letzten Plüschreste ab!

Ich habe es geschafft! Auf einmal rollt eine große Welle heran. Sie schlägt über mir zusammen, nimmt mich mit und zieht mich hinaus ins Meer.

Selbst wenn ich wollte, könnte ich jetzt nicht mehr zurück. Sie reißt mich regelrecht ins Wasser und ich finde es toll!

Zuerst muss ich husten, weil ich ein bisschen Wasser geschluckt habe. Aber dann schließen sich meine Nasenöffnungen und ich halte den Atem an. Vorsichtig bewege ich nacheinander alle Flossen. Huiii, wie es dahingeht! Es ist herrlich, das Größte überhaupt! Das Wasser trägt mich und ich bin überhaupt nicht mehr unbeholfen und plump. Ich fühle mich leicht wie eine Feder, und jede Bewegung meines Körpers ändert die Schwimmrichtung. Ich drehe mich um mich selbst und es geht auf und ab. Wie ein Pfeil schieße ich durch das Wasser und durchstoße schließlich prustend die Oberfläche. „Hurraaaa!", juble ich. „Das ist das Tollste!" Ich könnte platzen vor Glück! Mama kann schimpfen, so viel sie will – das lasse ich mir nie mehr entgehen!

Plötzlich springt jemand auf mich und taucht mich unter. Ich sinke wie ein Stein und verliere erst mal die Orientierung. Unter Wasser sieht die Welt ganz anders aus, obwohl ich gute Augen habe. Alles ist ein bisschen verzerrt, und das Licht ganz dämmrig. Doch dann erkenne ich Pünktchen. Natürlich, wer sonst! Na warte, dich krieg ich! Mit schnellen, schlängelnden Bewegungen bin ich hinter ihm her. Noch ist er flinker als ich, er hat ja auch länger geübt. Ich lerne schnell, dass ich mit den Vorderflossen steuern und mit den Hinterflossen die Geschwindigkeit kontrollieren kann. Schließlich habe ich Pünktchen eingeholt, und wir führen eine Art Tanz auf: Wir schwimmen neben- und übereinander, drehen uns umeinander oder sogar im Kreis.

Irgendwann muss ich an die Oberfläche zum Atmen. Oben öffne ich auch den Gehörgang, aber das hätte ich besser bleiben lassen. Sofort höre ich Mamas zornige Stimme vom Ufer her: „Komm augenblicklich zurück! Was habe ich dir gesagt? Jetzt aber marsch!"

Sie ist nicht die Einzige, die schimpft. Auch Pünktchens Mutter und noch einige andere rufen nach ihren Sprösslingen. Wir kriechen lieber alle wieder an Land zurück und lassen die Standpauken gemeinsam über uns ergehen. Geteiltes Leid ist halbes Leid! Unter vorgehaltener Flosse zwinkert Pünktchen mir zu. Ich zwinkere zurück. Aus den Resten meines Babyfells rinnt das Wasser. In wenigen Tagen wird davon gar nichts mehr zu sehen sein. Ich kann schwimmen! Dieser erste Ausflug war große Klasse, und jetzt glaubt bestimmt keiner mehr, dass ich ein Feigling bin!

Der Sturm

Nach meiner Abendmahlzeit bin ich ziemlich müde. Kein Wunder nach diesem aufregenden Abenteuer! In der warmen Abendsonne trocknet mein Fell schnell, und ich fühle mich rundum wohl.

Nur Mama meckert immer noch an mir herum.

„Morgen gehen wir zusammen ins Wasser“, versichere ich treuherzig. „Dann kannst du mir alles zeigen und ich werde ganz genau aufpassen!“

„Du Schlingel legst es wirklich darauf an!“, schimpft Mama, aber so richtig böse scheint sie nicht mehr zu sein. „Ich werde dir jetzt noch einiges über die Menschen und die Gefahren erzählen, die von ihnen ausgehen. Das ist wichtig vor deinem zweiten Ausflug. Hörst du auch zu?“

„Ja, ja. Autsch!“ Klatsch, verpasst mir Mamas Flosse eine Kopfnuss. Ich stecke die Schnauze in den Sand.

„Sei nicht so frech, du!“, tadelt Mama. „Du bist noch so klein und hast keine Ahnung von der Welt und ihren Gefahren. Denkst du, ich mache das zum Spaß? Nur wenige Wochen noch, dann bist du selbstständig! Wenn du je nach Norden in unsere Heimat willst, musst du alle Gefahren kennen!“

Vielleicht hat sie ja Recht. Aber ich bin so müde. Morgen ist doch auch noch ein Tag, warum hat sie es nur so eilig? Ich gebe trotzdem besser nach und tu wenigstens so, als hörte ich zu.

Irgendwann bin ich wohl doch eingeschlummert, denn ich erschrecke, als ich unsanft in die Seite gestoßen werde. „Was ist denn?", fiepe ich verstört.

„Ein Sturm!", flüstert Mama hektisch. „Komm Kleiner, wir müssen hier weg!"

Ich reiße die Augen auf. Es ist noch nicht richtig dunkel, und ich sehe mächtige schwarze Wolken, die ganz tief über dem Meer hängen.

„Ein Gewitter!", rufe ich. Das habe ich schon erlebt, dann donnert und blitzt es, dass sich einem alle Fellhaare sträuben.

„Nein, nein, diesmal ist es schlimmer", antwortet Mama voller Sorge. Sie stupst mich erneut an. „Komm, schnell, wir müssen ins Wasser!"

„Mama, da ist ja überall um uns Wasser!" Ihre Aufregung steckt mich an. Wir haben selig auf einer Sandbank geschlafen, und nun sind wir auf einmal ringsum von Wasser eingeschlossen!

„Ich weiß, und wir müssen aufpassen. Wir dürfen uns nicht verirren. Gerade in einem Sturm gibt es ganz tückische Strudel!"

Mama robbt voraus, und ich folge ihr ängstlich. Der Wind pfeift um uns herum, und das Meer sieht gar nicht mehr freundlich aus. Wild und stürmisch türmt es sich auf. Die Gischt spritzt bis zu mir. Wir sind Robben, wir sind im Meer zu Hause und können nicht ertrinken, oder?

„Mama, was wird mit uns passieren?“, frage ich ängstlich.

„Nichts, bleib einfach ganz nah bei mir und rede nicht so viel!“, gibt sie zurück. Ich kann sie bei dem brausenden Sturmwind kaum verstehen, doch ich merke genau, dass sie Angst hat. Das macht mir auch Angst. Meine große, starke Mama ist doch sonst nicht so! Vielleicht ändert sich das, wenn wir erst im Wasser sind. Zum Glück habe ich schon geübt!

„Nicht so schnell, Mama!“, beschwere ich mich.

Ich bin doch viel kleiner als sie, wie soll ich da so schnell hinterherkommen? Zudem wird es immer dunkler, bald werde ich nicht mehr die Flosse vor den Augen sehen können.

Plötzlich schwappt das Wasser über mir zusammen, reißt mich fort und wirbelt mich herum. Mir vergeht Hören und Sehen, und ich weiß gar nicht mehr, wo oben und unten ist. Wie wild rudere und paddle ich mit den Flossen, jetzt ist es überhaupt nicht mehr lustig. Wer hat gesagt, das Wasser sei unser Element? Ha! Da kann ich nur lachen. Obwohl mir im Moment gar nicht danach zu Mute ist. Ich habe überhaupt keine Chance, in irgendeine Richtung zu schwimmen oder zu erkennen, wo die Oberfläche ist. Noch bin ich nicht außer Puste, ich kann es ziemlich lange aushalten. Trotzdem wüsste ich gerne, wo es hingeht.

Nach einer Weile zieht mich ein gewaltiger Sog nach unten, ich kann überhaupt nichts dagegen machen. Dann, puff, werde ich nach oben katapultiert, segle durch die Luft und klatsche unsanft wieder aufs Wasser. Heftig rudernd halte ich mich oben und werde von den Wellen mitgetragen. Prustend schnappe ich nach Luft.

„Mama!“, rufe ich. „Mama, wo bist du?“

„Hier, mein Kleiner!“, höre ich ihre Antwort aus der Ferne. Leider ist es schon zu dunkel, ich kann sie gar nicht mehr sehen.

„Ich komme, Mama!“ Ich versuche dem Klang ihrer Stimme zu folgen, doch es sind nur einzelne Fetzen, die der Wind herüberträgt. Es schüttet in Strömen, Wind und Meer toben um die Wette, und ich kleine Robbe bin mittendrin. Wenn ich nur endlich bei Mama wäre! Sie weiß bestimmt, wo es lang geht, sie kann uns retten. „Maaamaaa!“

„Ruf weiter!“, höre ich sie schrill pfeifen. „Dann finde ich dich!“

Das kann sie haben. Ich kann ziemlich laut heulen, und ausdauernd dazu. „Maaa-blubb ... gurgel ...“ Eine weitere Welle schlägt über mir zusammen und taucht mich unter. Ich habe einen Schwall Salzwasser geschluckt. Hustend und spuckend kämpfe ich mich wieder an die Oberfläche, mein Heulen klingt jetzt mehr wie ein Krächzen.

Das Rudern und Paddeln ist anstrengend, lange kann ich mich nicht mehr halten. Wenn Mama mich nicht bald findet, gehe ich unter. Ich heule, so laut ich kann, und lausche verzweifelt. Doch es kommt keine Antwort mehr. Entweder ist der Sturm zu laut, oder Mama ist schon vor mir untergegangen. Vielleicht ist sie auch weit abgetrieben und sucht mich an einer ganz falschen Stelle.

„Hiiilfeee!", schreie ich verzweifelt. Ist denn sonst niemand da? Pünktchen, seine Mama, die anderen Freunde? Warum höre und sehe ich keinen? Bin ich denn ganz allein auf der Welt?

„Mama! Mama, komm doch! Bitte!"

Ich kann nicht mehr gleichzeitig rufen und schwimmen, das ist zu anstrengend. Meine Vorderflossen sind schon ganz lahm, und ich habe so viel Wasser geschluckt, dass mir ganz schlecht ist. Ich weiß gar nicht, wie ich den Kopf noch über Wasser halten soll.

Daher mache ich mich so lang wie möglich und lege mich auf die Wellen, um mich ein bisschen auszuruhen. So lasse ich mich einfach treiben, denn ich weiß ohnehin nicht, wohin ich schwimmen soll. Nach Mama kann ich nicht mehr rufen, ich bin schon viel zu schwach. Ich glaube, sie kann mich sowieso nicht mehr hören. Um mich herum tobt immer noch der Sturm. Manchmal trifft mich eine Welle und taucht mich unter, aber ich kämpfe mich schnell wieder nach oben.

Auf einmal merke ich, wie es aufwärts geht. Ich glaube, ich reite auf einer Welle, die immer größer und stärker wird. O weh, wo wird das hinführen? Weg kann ich nicht mehr, es geht viel zu schnell, und ich spüre unter mir einen kräftigen Sog. Jetzt bloß oben bleiben! Ich lasse mich von der Welle tragen und schließe vorsorglich Nase und Ohren. Bestimmt gibt es gleich eine rasante Talfahrt – und da geht es schon bergab!

Mit donnerndem Krachen bricht sich die Welle und saust nach unten. Sie zieht mich unter Wasser, und ich wirble wie wild herum, das kenne ich inzwischen ja schon. Urplötzlich spuckt mich die Welle wieder aus und ich spüre festen Boden unter meinem Bauch. Ich bin an Land!

Am liebsten würde ich gleich einschlafen, aber zuerst muss ich mich in Sicherheit bringen. Egal, wie müde oder schwach ich bin, jetzt geht's ums Überleben! Ich robbe los, wobei ich die Hinterflossen in den Sand stemme und mich buckelnd voranschiebe. Die Vorderflossen habe ich angelegt, sie sind zu kurz, um mir dabei helfen zu können. So bewege ich mich vorwärts, indem ich mit dem Bauch ganz schnell weiterrutsche.

Doch schon die nächste Welle macht alle Bemühungen zunichte. Sie kommt über mich, überholt mich, kracht vor mir nieder, zieht sich zurück und nimmt mich wieder mit ins Wasser. Noch während ich gegen den Strudel ankämpfe, schubst mich der nächste Schwung wieder an Land zurück, und ich robbe, so schnell ich kann, weiter. Irgendwann muss ich diesem hinterhältigen Meer doch entkommen! Der Regen prasselt auf mich nieder. Das macht das Vorankommen nicht gerade leichter. Der Sand ist nass und schwer, und ich versinke halb darin. Auch der Wind ist gegen mich, er drückt und schiebt. Hat sich denn alles gegen mich verschworen? Dann geht es endlich leicht bergauf! Vielleicht kann ich mich hinter einer Düne verstecken.

Doch, o weh! Ich höre schön das nächste Brausen hinter mir. Schnell, schnell! Noch ein Stückchen hinauf, gleich habe ich es geschafft und dann ... „O nein!" Plumps, geht es hinab, und ich lande platschend im Wasser. Jetzt ist alles vorbei, ich mag nicht mehr. Ich bin so müde, ich gebe auf.

Halt, Moment mal! Hinter mir höre ich immer noch das Meer, aber dieses Wasser kommt mir eindeutig entgegen! Wie kann das sein?

Ach, ist doch völlig egal. Das Wasser hier ist jedenfalls nicht tief, und die Strömung nicht stark. Dagegen komme ich gut an. Es geht sogar leichter als am Strand, weil ich immer wieder ein Stück schwimmen kann, bevor ich mich erneut abstoße. So komme ich weg vom Meer und den bösen Wellen. Hier weiß ich genau, wo oben und unten ist. Also schwimme und robbe ich weiter, so gut es nur geht, damit mich das Meer auch wirklich nicht mehr einholen kann.

Das Wasser ist wirklich harmlos und auch nicht tief. Es ist eher ziemlich schlammig, und ich bin bald von oben bis unten voll gesudelt. Ist mir auch egal. Nur weiter, ich habe genug von dem Sturm und dem Kampf. Irgendwann werde ich in Sicherheit sein, und dann kann ich schlafen, schlafen, schlafen. Vielleicht findet mich inzwischen Mama. Dann werde ich sowieso eine ordentliche Mahlzeit brauchen, wahrscheinlich sogar zwei hintereinander. Für diese Schufterei bin ich noch zu klein und zu schwach! Ich habe schon das Gefühl, mein schönes neues Fell schlottert um mich herum. Der Rest von meinem Babyfell ist bestimmt längst in Fetzen gegangen, an einigen Stellen brennt es nämlich ordentlich, wenn ich mich durch den Schlamm wälze.

Jetzt kann ich wirklich nicht mehr! Mittlerweile ist es stockdunkel, und ich habe keine Ahnung, wo ich bin. Wenn ich die Flossen seitlich abstemme und mich ein bisschen aufrichte, kann ich über mir den Sturm hören. Links und rechts von mir sind Hügel, jedenfalls ist es ziemlich eng geworden. Also umdrehen kann ich mich nicht mehr, das merke ich schon. Damit kann ich nicht mehr zurück – und vorwärts auch nicht. Da ist nur noch Schlamm und an Schwimmen ist nicht mehr zu denken. Ich habe mich in eine Falle gelotst! Hier bin ich zwar einigermaßen sicher vor dem Sturm und den Wellen, aber ich sitze fest. Was soll ich nur machen?

Ich patsche mit den Hinterflossen, bewerfe mich damit jedoch nur noch mehr mit Dreck. Ich stecke in einer Sackgasse. Das habe ich ja prima hingekriegt! Wie soll Mama mich hier nur finden?

„Gäääähn …“ Ich kann nicht mehr nachdenken, ich bin einfach zu schwach und müde. Momentan schwebe ich wohl nicht in Gefahr, und deshalb werde ich jetzt einfach schlafen und auf den Morgen warten. Wenn es hell ist und ich wieder was sehen kann, wird es bestimmt nicht so schlimm sein. Sicher finde ich morgen einen Weg hier heraus. Dann kehre ich zum Strand zurück, und dort werden schon alle auf mich warten und mein Abenteuer hören wollen. Bestimmt war noch keiner von ihnen dort, wo ich jetzt bin! Die werden Augen machen!

Ich gähne noch mal, dann lasse ich den Kopf sinken und mache die Augen zu …

Wildschwein oder Heuler?

Der Regen hat aufgehört, das ist ein gutes Zeichen. Blinzelnd schaue ich zum Himmel. Die Sonne ist schon aufgegangen, und es sieht nach einem guten Tag aus.

Doch ich fühle mich gar nicht so: Ich habe schrecklichen Hunger, fühle mich schwach und kann keine Flosse mehr heben. Das liegt aber auch an dem Schlamm, glaube ich. Er lässt mich einfach nicht mehr los! Gurgelnd und schmatzend saugt er an mir, sobald ich versuche mich zu bewegen. Meine Haut juckt an den Stellen, wo der Schlamm langsam trocknet. Wegen der Enge kann ich mich nicht kratzen oder scheuern, so sehr ich es auch versuche. Robben brauchen Feuchtigkeit! Das hier ist schrecklich!

„Mama“, jammere ich leise. Richtige Hoffnung, dass sie mich hier findet, habe ich nicht. Ich muss etwas tun, ich kann doch nicht einfach liegen bleiben. „Mama!“, heule ich lauter. Doch ich habe schon gar keine Kraft mehr in der Stimme und bringe nur noch ein klägliches Fiepen heraus.

Jetzt ist es hell, aber ich finde trotzdem keinen Ausweg. In meiner Angst habe ich mich viel zu weit aufs Land gewagt, und da gehöre ich überhaupt nicht hin. Das Wasser in diesem kleinen Rinnsal ist kaum ein Trost. Es gluckst um meinen Bauch herum und weicht den Schlamm unter mir auf. Inzwischen stecke ich schon so tief drin, dass ich mich aus eigener Kraft nicht mehr befreien kann.

„Mama!“, wiederhole ich verzagt. Ich werde nicht aufhören zu rufen, bis sie mich findet. Sie muss mich einfach finden! Da bin ich dem Sturm entkommen und soll nun hier so hilflos und hungrig stecken bleiben?

„Kee-aah!“

Ich gucke nach oben. Da fliegen Möwen! Vielleicht sieht mich ja eine von ihnen und holt Hilfe vom Strand! Sie sind nämlich sehr geschwätzig und tratschen gern. Wenn Mama das hört, macht sie sich bestimmt gleich auf den Weg zu mir.

Höchste Zeit wird es ja. In meinem Bauch rumpelt es verdächtig. Ich glaube, jetzt sind schon drei Mahlzeiten fällig. „Maamaa!“

Erschrocken verstumme ich, als ich plötzlich ein fremdes Geräusch höre. Es knistert und knackst. Da kommt jemand! Vom Land her, nicht vom Meer! Ich ducke mich lieber und bin mucksmäuschenstill. Wer weiß, was das wohl für ein neues Unheil sein mag!

Das Geräusch kommt immer näher. Wenn Mama nur da wäre! Sie würde mich beschützen!

Dann verdunkelt ein Schatten die Sonne, und ich gucke ängstlich hoch. Ein Zweibeiner! Das muss ein Mensch sein. So nahe habe ich noch nie einen gesehen. Wie ein Riese ragt er über mir auf. Er hat ein ganz seltsames, unförmiges Fell und einen merkwürdigen Auswuchs auf dem Kopf. Als er dann spricht, bin ich sicher, dass es ein Mensch ist. So eine Stimme ist unverwechselbar: scheppernd und hart, und die Aussprache ist ganz komisch. „Komm den Menschen nicht zu nahe!", hat Mama mir eingetrichtert. Tja, nur wie soll ich jetzt fliehen? Ich kann mich doch nicht bewegen!

„Ja, was ist das?" Der Mensch schaut zu mir herunter, und ich tue so, als wäre ich gar nicht da. Ich starre zu ihm hoch, ohne zu zwinkern. Vielleicht übersieht er mich in dem ganzen Schlamm. Könnte ja sein, dass ihm irgendetwas anderes aufgefallen ist!

„Wie kommst du denn hierher?", fährt der Mensch fort.

Mist, er hat mich doch gesehen. Und jetzt? „Du tust mir nichts, gell?", fiepe ich ganz leise.

„Also, da hol mich – das ist doch nicht zu fassen!", meint der Mensch.

Weiter weg höre ich eine zweite, helle Stimme. „Hallo, Herr Dahlberg, sind Sie das?"

Der Mensch dreht sich um. „Ja, guten Tag, Siri! Du wirst nicht glauben, was ich hier gefunden habe! Ein Wildschwein!"

Was? Was bin ich?

„Ein was?“, ruft Siri zurück.

Eine weitere Stimme lacht: „Wie soll denn ein Wildschwein hierher kommen, Herr Dahlberg? Die gibt's hier doch gar nicht!“

„Und trotzdem ist es so!“, erwidert Herr Dahlberg. „Kommt her und seht es euch an, das ist eindeutig ein Wildschwein! Vielleicht ist es aus dem Zoo ausgerückt! Jedenfalls quiekt es genauso!“

Also, wenn ich könnte, würde ich ihn jetzt in den Knöchel beißen. Was auch immer ein Wildschwein sein mag, es muss ein Landtier sein. Und das ist eine gemeine Beleidigung für eine Robbe, jawohl! Außerdem quieke ich überhaupt nicht, ich heule! Vor lauter Empörung vergesse ich glatt meine Erschöpfung.

Als plötzlich eine Menge Köpfe oben auf dem Hügel erscheinen, ducke ich mich sicherheitshalber. Zwei kleine und vier große Menschen sind es (zählen kann ich nämlich gut, das ist sehr wichtig in einer Robbengemeinschaft!), und alle glotzen von dem Hügel zu mir herunter. Der kleinste Mensch hat ganz lange, seidige, helle Fellhaare auf dem Kopf.

„Aber Herr Dahlberg!“, lacht der kleine Mensch. Das muss diese Siri sein, ich erkenne die Stimme von vorhin wieder.

„Das soll ein Wildschwein sein?“, sagt der dritte Mensch neben ihr. Er ist nur wenig größer als Siri.

Er guckt mich mit aufgerissenen Augen an. „Ich kenne mich mit Viechern ja nicht so gut aus, aber das glaube ich echt nicht."

„Das ist doch eine Robbe!", ruft Siri.

Herr Dahlberg schaut zu mir herunter und kratzt sich am Kopf. Dabei fällt ihm sein Auswuchs vom Kopf, doch es scheint ihm nicht weh zu tun. Siri bückt sich und hebt ihn auf. „Hier, Ihr Hut."

„Ja, was …?", fängt Herr Dahlberg ratlos an und setzt sich den Hut wieder auf. Der arme Mann! Ich kann gut verstehen, dass er diesen Schutz braucht. Bei dem dünnen Fell, das er auf dem Kopf hat: hier ein Haar und dort ein Härchen …

„Lassen Sie mich mal sehen!" Jetzt kommt auch noch einer der großen Menschen zu mir runter!

Ich möchte vor ihm zurückweichen und kann nicht. Deshalb reiße ich die Schnauze auf und quäke, vielleicht vertreibt ihn das. Ich habe nämlich ganz schön Angst. „Geh weg! Ich mag das nicht! Ich will nur meine Mama!"

„Na, du Kerlchen, ist ja gut, brauchst keine Angst zu haben", redet der Mensch beruhigend auf mich ein. Er streckt die Hand aus und streichelt meinen Kopf. Ich halte ganz still vor Entsetzen, aber es tut gar nicht weh. Er bewegt sich sehr langsam und wirkt eigentlich freundlich. Was will er von mir?

„Ich bin Ralf Lauritz und Tierarzt", stellt der Mann sich mir vor. „Und du bist eine kleine Robbe, die ein ziemlich stürmisches Abenteuer hinter sich hat, nicht wahr?"

„Also, Herr Lauritz, dass Sie mit den Tieren wie mit Menschen reden, ist doch nicht normal, oder?", meint Herr Dahlberg.

„Nun, immerhin verwechsle ich eine Robbe nicht mit einem Wildschwein", erwidert Herr Lauritz.

„Das kann doch jedem mal passieren, bei so einer Schlammkruste. Auf den ersten Blick hätte ich geschworen …"

Siri kichert. „Onkel, darf ich auch runter?"

„Gut, Siri, aber erschrecke es nicht. Es ist noch ein Robbenkind und bestimmt völlig verstört."

Darauf kannst du wetten, Herr Lauritz. Ich weiß überhaupt nicht, wie mir geschieht, doch ich kann nichts machen. Ihr Menschen seid in der Überzahl und ich bin völlig unterlegen. Ich beschränke mich darauf, gute Miene zum bösen Spiel zu machen, und lasse alles über mich ergehen. Was bleibt mir anderes übrig?

„Oh, es seufzt!", meint Siri. Sie stapft durch den Schlamm zu mir und geht in die Hocke. Ihr Gesicht ist ganz nahe an meinem. „Diese traurigen runden Plüschaugen, wie süß!"

„O Mann, Siri, das ist ja nicht zum Aushalten!", ruft der Junge von oben. „Am liebsten würdest du es gleich mit Babysachen in den Puppenwagen stopfen, stimmt's?"

„Robert, du nervst!" Siri wendet sich mir zu. „Beachte ihn gar nicht. Er ist mein Cousin, Onkel Ralf ist sein Papa. Der ist Tierarzt, aber davon hat Robert nichts mitbekommen. Er kann einen Käfer nicht von einem Grashüpfer unterscheiden. Das da oben sind meine Eltern, Hanna und Klaus Lauritz. Und ich bin Siri. Eigentlich heiße ich Sigrid, aber niemand nennt mich so. Du brauchst wirklich keine Angst zu haben, wir werden dir bestimmt nichts tun."

Während sie mit mir spricht, krault sie meinen Kopf. Das tut mir gut, und ihre freundliche Stimme beruhigt mich zusehends. Ich weiß ja nicht, warum sie mir so viel erzählt, doch ich habe schon viel weniger Angst.

„Was machen wir jetzt mit dem Wildschw..., mit der Robbe?", will Herr Dahlberg wissen.

„Ich werde sie mit in meine Praxis nehmen und untersuchen, dann sehen wir weiter", antwortet Siris Onkel. „So wie es aussieht, haben wir es hier mit einem Waisenkind zu tun. Die Mutter ist weit und breit nicht zu sehen, und schnelle Hilfe tut Not."

„Du willst dieses Schlammwesen im Auto transportieren?", ruft Siris Mama entsetzt.

„Na sicher, wie denn sonst? Bestimmt habt ihr Decken oder so was dabei. Darin können wir den kleinen Kerl einwickeln, und der Dreck hält sich in Grenzen."

„Allerdings gehört das Auto ohnehin schon lange mal gründlich gereinigt", meint Siris Mutter dann und grinst Robert an. „Das wäre doch eine gute Aufgabe für dich, nicht wahr? Der größte Dreck stammt nämlich von dir und deinen Fußballklamotten."

„Och, Tantchen!", setzt Robert an, aber Siris Papa funkt dazwischen: „Komm, wir holen das Auto ein Stück näher und nehmen die Decken mit."

So viel Aufregung um mich! Dabei wünsche ich mir nichts lieber als meine Mama. Als Herr Dahlberg sich zu mir herunterbeugt, pruste ich ihn an. Von wegen Wildschwein! Der kennt sich mit Tieren wohl genauso wenig aus wie Robert.

Siri und Herr Dahlberg ziehen mich behutsam aus dem Schlamm und versuchen mich vom gröbsten Dreck zu befreien. Ich halte ganz still. Solange ich sie nicht ärgere, werden die Menschen mir vermutlich nichts tun. Trotzdem ist mir nicht wohl in meiner Haut. Vielleicht sollte ich schlafen und wenn ich dann aufwache, wäre alles wie früher: Ich liege am Strand bei Mama, und wir werden gleich ins Wasser springen.

„Du bist so süß, wenn du seufzt!", kichert Siri und streichelt meinen Kopf. „Das ist ganz schön aufregend, was?"

Allerdings. An Schlaf ist nicht zu denken. Ich werde kein Auge zumachen, bis ich weiß, was mit mir passiert.

Nach einer Weile sind alle wieder zurück, und

dann wird Siris Onkel tatkräftig. Ehe ich mich versehe, wickelt er mich in eine Decke ein und hebt mich hoch.

„Bäh!", mache ich vor Schreck. „Bäh-bäh-bäh!"

„Na, das klingt jetzt aber mehr wie ein Schaf!", bemerkt Siris Papa lachend. „Was meinen Sie dazu, Herr Dahlberg?"

„Ach, lassen Sie mich doch in Ruhe. Ich muss jetzt gehen. Erzählen Sie mir bei Gelegenheit mal, was aus meinem Fund geworden ist!" Herr Dahlberg schiebt seinen Hut auf dem Kopf gerade und geht schwungvoll davon. Von hier oben, auf den Armen eines Menschen, sieht die Welt gleich ganz anders aus. Man hat einen viel weiteren Blick und – ach, ist mir doch völlig egal. Ich habe Angst und will zu meiner Mama! „Bääääh!"

„Ist ja gut, mein Kleiner, du hast es bald überstanden. Noch eine kleine Autofahrt und dann gibt's ein Bad und was zu essen."

„Guckt mal, er weint!", ruft Robert. Aus meinen Augen sind dicke Tränen getreten und kullern über meine Schnauze. So aufgeregt bin ich! Vielleicht beeindruckt es die Menschen ja so sehr, dass sie mich gleich zum Strand bringen.

„Es wird alles gut", flüstert Siri mir zu und tätschelt meinen Kopf. „Armer kleiner Heuler!"

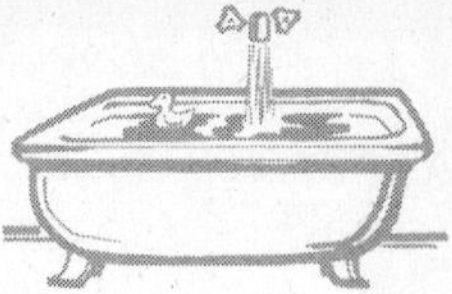

Badewanne statt Meer

Die Aufregungen nehmen so schnell kein Ende. Jemand verfrachtet mich in ein großes Dings, das sich plötzlich ganz von selbst in Bewegung setzt. Ich liege hinten auf dem Schoß von Siris Onkel, und Siri sitzt gleich neben mir. Auch Robert hat sich noch hineingequetscht. Vorne sitzen Siris Eltern und fuchteln in der Gegend herum. Also, so beengt zu sein und keinen Himmel mehr sehen zu können, das ist mir sehr unheimlich. Wie im Gefängnis! Wie halten die Menschen das hier drin nur aus? Ich bekomme schon fast keine Luft mehr.

Als das Dings zu rumpeln und schaukeln anfängt, bleibt mir vor Schreck die Stimme weg. Mir wird ganz schwindlig und schlecht. Ich glaube, das ist noch viel schlimmer als der Sturm. Aber allmählich ist mir alles egal, wer weiß, was mir noch passiert!

Dann halten wir endlich an, und ich werde ausgeladen. Innerlich schlottere ich am ganzen Leib. „So, Heulerchen, jetzt kommst du im Haus auf den Untersuchungstisch und danach in die Badewanne!", erzählt mir Siri. „Dann wird es dir gleich besser gehen!"

Na, wenn sie meint! Ich bewege mich nicht, als ich auf einer glatten Fläche abgelegt und ausgewickelt werde. Siri kommt mit einem feuchten Lappen und wischt mich ab. Ahh, tut das gut! Siris Onkel stellt allerhand mit mir an, aber es ist nicht schlimm. Ich halte weiterhin ganz still und dann bringen sie mich ins Wasser! Das muss diese Badewanne sein. Oh, ist das herrlich! Ich strecke mich lang aus, tauche den Kopf unter und komme prustend wieder hoch. Endlich werde ich den Schlamm los!

„Na, da haben wir etwas ganz Besonderes", sagt Siris Onkel. „Ich weiß nicht, wie das passiert ist, aber auf geheimnisvolle Weise hat sich eine Sattelrobbe in unsere Gegend verirrt!"

Oh, er kennt mich und meine Art? Ist ja toll!

„Du meinst, es ist kein Seehund?", fragt Siri aufgeregt.

„Nein, schau dir mal diese hübsche Fellzeichnung an. So wie es aussieht, hat dieser kleine Heuler gerade erst sein Babyfell verloren. Er ist also drei, höchstens vier Wochen alt", antwortet ihr Onkel. „Damit ist er noch zu klein, um für sich selbst zu sorgen. Er braucht dringend Nahrung und Pflege. Bei dem schrecklichen Sturm letzte Nacht hat er wohl seine Mutter verloren und ist dann irgendwie in dem Bach gestrandet. Der arme Kerl ist völlig entkräftet. Ich habe aber Ersatzmilch für ihn da, und wir werden ihn über Nacht zur Beobachtung hier behalten."

„Darf er bei mir bleiben, Onkel?“, ruft Siri und klatscht in die Hände. „Ich werde mich auch gut um ihn kümmern, versprochen!“

„Nein, das geht nicht“, lehnt der Onkel ab. „Eine Robbe ist kein Schoßtier. Sie gehört ins Meer, nicht in eine Badewanne. Darin hätte sie sowieso bald keinen Platz mehr. Eine Sattelrobbe wird über zwei Meter lang. Ich werde den Heuler morgen zur Aufzuchtstation Norddeich bringen.“

„Und wenigstens für ein paar Tage?“, bettelt Siri.

„Siri, das ist ein bisschen egoistisch, findest du nicht? Wir wollen doch das Beste für den Kleinen, oder?“

„Mir ist das alles ganz schnuppe“, meint Robert. „Ich habe einen neuen Fußball, und morgen werden wir ganz toll spielen!“ Er dreht ein rundes Ding in den Händen, das muss wohl der Fußball sein.

„Was anderes hast du auch nicht im Kopf, das ist doch hohl!“, meint Siri. „Ich finde es viel toller, dass wir dem Heuler das Leben gerettet haben!“

Mittlerweile habe ich genug gehört. Ich verstehe zwar kaum die Hälfte von all dem, aber eines ist mir klar: Kein Mensch fragt mich, was *ich* will. Und ich will nichts anderes als zu meiner Mama. Das muss ich denen jetzt mal sagen.

Um auf mich aufmerksam zu machen, versuche ich mich in der Wanne hochzustemmen und über den Rand zu gucken. Ganz schön schwer, die Wanne ist verflixt glatt! Ich stemme meine kurzen Vorderflossen gegen die Seiten der Wanne und schiebe meinen Körper nach oben. Gleich habe ich es geschafft! Meine Schnauze ist schon fast drüber. „Ahhhh-wufff!“ Ich rutsche ab, das Wasser spritzt nach allen Seiten, und zu allem Überdruss haue ich mir auch noch die Nase an. „Autsch!“

Robert lacht mich aus. „Da, siehst du? Was willst du mit so einem anfangen, der kann ja nicht mal laufen!“

„Robert, wenn du nicht helfen willst, geh ins Haus zu deiner Mutter“, mischt sein Papa sich ein.

„Pfft“, macht Robert und trollt sich.

„Hier, Siri, ich habe eine Flasche für den Kleinen zubereitet. Willst du sie ihm geben?“

„Ja, sehr gern!“ Sie kommt zu mir her und hält mir ein komisches Ding an die Nase. Weil ich das nicht kenne, schiebe ich es entschlossen mit der Schnauze weg.

„Er will es nicht, Onkel Ralf! Was mache ich da?“

„Tröpfle ihm was auf die Schnauze, dann wird er es schon verstehen. Hab Geduld, er kennt die Flasche ja nicht.“

Ich zucke verdutzt zurück, als Siri mir etwas auf die Nase träufelt. Ein paar Tropfen bleiben in den Barthaaren hängen. Mein Geruchssinn ist nicht besonders gut und wenn ich wissen will, was das ist, muss ich es probieren. Vorsichtig lecke ich mit der Zunge. Mhmm, das ist ja Milch! Lecker! Sie kommt aus dem Ding vor meiner Schnauze! Na, aber hallo, das lasse ich mir nicht entgehen! Ich schnappe zu, und es fühlt sich fast so an wie Mamas Zitze. Ich fange an zu saugen, und jetzt kommt der ersehnte Milchstrom. Endlich wird mein Bauch gefüllt!

„Langsam, nicht so gierig!", lacht Siri. „Es ist genug da, lass dir Zeit!"

„Er ist wirklich total ausgehungert, ich mache lieber noch eine Portion", meint ihr Onkel.

„Glaubst du, er wird es schaffen?" Siris Stimme klingt besorgt, aber ich höre nur mit halbem Ohr zu. Ich bin viel zu beschäftigt mit dieser köstlichen Mahlzeit.

„Es sieht ganz gut aus, Siri. Unterkühlt war er wohl nicht allzu sehr, und den Schock scheint er auch überwunden zu haben. Man kann es natürlich nie genau wissen, aber dieser hübsche kleine Heuler weiß schon, was er will."

„Er muss einen Namen bekommen. Ich habe schon die ganze Zeit darüber nachgedacht. Was hältst du von Ole?"

„Ole? Passt gut, finde ich."

Siri beugt sich zu mir herunter. „Also, dann heißt du von jetzt an Ole."

„Eigentlisch haben schie misch Weißer genannt", nuschle ich. Da ich allerdings gar nicht mehr weiß bin und Ole ganz nett klingt – warum nicht? Ein Menschenname ist doch auch nicht schlecht.

„Schade, dass Robert nicht geblieben ist", fährt

Siri fort und krault mir den Nacken. Inzwischen sauge ich schon die zweite Flasche leer. „Er ist dreizehn und gibt schrecklich an, weil er drei Jahre älter ist als ich. Dauernd hängt er mit seinen Freunden rum und labert nur über Fußball. Dabei gibt es doch immer so interessante Dinge hier in der Praxis! Ich will auch mal Tierärztin werden, weißt du. Tiere habe ich am liebsten. Es wäre toll, wenn ich dich behalten könnte, Ole, doch das geht leider nicht. Heute Nacht bleibe ich bei dir, damit dir nichts passiert, okay?“

Momentan ist mir alles recht. Satt und zufrieden sinke ich zurück. In meinem Bauch gluckert es, und ich grunze voller Wonne. Jetzt werde ich erst mal ein Verdauungsschläfchen halten, dann sehe ich weiter.

Siri baut sich neben mir ein Lager, sie will mich wirklich nicht allein lassen. Das tröstet mich, und ich schlummere zufrieden ein.

In der Nacht schrecke ich hoch. Ich habe von Mama geträumt und geglaubt, sie sei dicht neben mir. Als ich mich an sie schmiegen wollte, war da aber nur die glatte, kühle Wand der Badewanne. „Mama?“, flüstere ich leise in die Dunkelheit hinaus. Ob ich sie jemals wieder sehen werde?

Im Halbdunkel erkenne ich Siris Kopf, als sie sich über die Wanne beugt. „So riesengroße schwarze, traurige Augen“, flüstert sie. „Ich habe dich weinen hören, Ole. Du vermisst deine Mutter wohl sehr, nicht wahr?"

„Huuhuu", mache ich kummervoll. Komisch, wie gut Siri mich versteht, obwohl sie ein Mensch ist. Sie meint es, glaube ich, wirklich gut mit mir. Vor ihr habe ich gar keine Angst mehr.

„Ich weiß." Sie tätschelt mir den Kopf. „Onkel Ralf hat ganz Recht, du gehörst nicht hierher. Du fühlst dich sicher einsam und ich kann dir nicht helfen. Wenn du erst mal unter Freunden bist, vergisst du deinen Kummer bestimmt schnell. Dann werde ich dich so oft besuchen, wie ich kann. Weißt du, meine Mama war auch mal ein paar Wochen weg, und sie hat mir schrecklich gefehlt. Ich weiß, wie du dich fühlst."

Es tut mir gut, dass Siri bei mir ist. Da fühle ich mich nicht so einsam und verlassen. Seufzend schließe ich die Augen, dann bin ich wieder eingeschlafen.

Am nächsten Morgen erhalte ich eine weitere stärkende Mahlzeit, und Siris Onkel untersucht mich noch mal. Er scheint ziemlich zufrieden mit mir zu sein, und ich fühle mich auch schon viel besser. Obwohl die Menschen alle sehr nett zu mir sind, möchte ich jetzt doch gerne zum Strand zurück. Den Gefallen werden sie mir wohl nicht tun. Sie behaupten, ich könne alleine noch nicht überleben, und es sei fraglich, ob sie meine Mama finden werden. Und selbst wenn, wisse man nicht, ob sie mich noch annimmt.

Leider kann ich ihnen nicht klarmachen, dass Mama mich bestimmt genauso vermisst und sicher sehr glücklich wäre, mich wieder zu sehen. Ich muss also gute Miene zum bösen Spiel machen und mich in diese Aufzuchtstation bringen lassen. Was auch immer das sein mag.

Wiedersehensfreude

O nein, ich muss schon wieder in dieses stinkende Ding, in dem alles wackelt und schaukelt. Solange ich auf dem Meer bin, macht mir so was nichts aus. Doch in diesem engen Kasten – also das mag ich einfach nicht. Außerdem bin ich wieder in eine Decke eingewickelt. Da Siri bei mir ist, habe ich jedoch nicht wirklich Angst, ich finde es nur unangenehm.

Irgendwann sind wir angekommen, und ich werde ausgeladen. Uih, was ist das? Ist das etwa das Meer dahinten? Ich höre die Möwen schreien. „Lasst mich runter, bitte!"

„Na, nun zapple doch nicht so!", ermahnt mich Doktor Lauritz. „Gleich darfst du ja ins Wasser!"

Ich kann es kaum mehr erwarten. Die Menschen sind eben doch nett! Aber, Moment, wo werde ich denn hingetragen? Zum Strand geht's doch da runter. O nein, wir gehen wieder in so ein komisches Haus. „Bäääh!", protestiere ich. „Das finde ich ganz schön gemein von euch! Was ist, wenn meine Mama dahinten auf mich wartet?"

„Ja, wen haben wir denn da?" Ein fremder Mensch kommt mir entgegen, er ist ziemlich groß und kräftig. „Einen verwaisten kleinen Heuler, wie?“

„Ganz recht“, antwortet Siris Onkel. Dann erzählt er die Geschichte, wie ich gefunden wurde. Der fremde Mann lacht laut. „Ein Wildschwein sollst du sein, Kleiner? Na, komm mal her zu mir!“

Ich wechsle den Arm und schiele schüchtern zu dem Mann hoch. „Was machst du jetzt mit mir?“

„Du brauchst keine Angst zu haben. Gleich kommst du ins Wasser, und da warten eine Menge Freunde auf dich.“

„Er heißt Ole“, erklärt Siri.

„Ole, soso. Jetzt komm mit, zuerst einmal wirst du untersucht.“

Was, schon wieder? Hört das denn nie auf? Zum Glück kenne ich mich inzwischen aus und halte brav still. Umso schneller ist es vorbei. „Ich bin übrigens der Hans“, stellt sich der Mann vor. „Ich bin Pfleger in dieser Station. Wir kennen uns ja schon, Doktor Lauritz. Aber wir beide“, er schaut Siri an, „haben uns noch nicht gesehen, oder?“

„Ich bin Siri, Onkel Ralfs Nichte. Mein Cousin Robert und ich waren dabei, als Ole gefunden wurde. Da Robert Robben langweilig findet, ist er leider nicht mitgekommen“, berichtet meine Freundin.

„Na, da hat er sie noch nicht in ihrem wahren Element beobachtet.“ Hans legt mich in ein Gestell und hebt es hoch. „Du hast gute Überlebenschancen, Kleiner. Höchstens zwei Kilo Untergewicht, aber das kommt natürlich vom Stress und den Anstrengungen. Ein tapferes Kerlchen bist du!" Er tätschelt meinen Kopf. „Du hast Glück gehabt, dass du dein Babyfell schon verloren hast."

„Wie geht es jetzt weiter?", will Siri wissen.

Na, das interessiert mich auch brennend!

„Wir behalten Ole und päppeln ihn erst mal auf. Bis Oktober müsste er so fünfundzwanzig bis dreißig Kilo wiegen. In dem Alter hören auch die Seehundmütter auf zu säugen. Dann ist er selbstständig und kann sich allein versorgen."

„Was, nur so kurz?", sagt Siri erschrocken. „Das sind ja höchstens vier Monate!"

„Ja, Robben wachsen schnell, Siri. Und das sollen sie auch, denn vor Einbruch des Winters müssen sie fit sein! Schon nächstes Jahr wird Ole halb so groß und schwer wie seine Mama sein."

„Ich dachte, ich könnte ihn länger ..., ich meine ..."

„Nun, Robben sind Wildtiere und gehören ins Meer. Wir bereiten die kleinen Waisen auf dieses Leben so gut es geht vor. Du willst doch sicher das Beste für Ole, Siri?"

„Das schon. Aber wohin wird er dann schwimmen?"

„Wer weiß? Es kann sein, dass er der Route seiner Vorfahren folgt und in die Arktis zurückkehrt. Vielleicht bleibt er auch hier. Bei Robben weiß man es nie", erklärt Hans. „Sie sind in allen Meeren zu Hause. Eine Sattelrobbe ist jedoch ein ungewöhnlicher Gast bei uns. Das bringt uns bestimmt Spendengelder, die wir dringend benötigen."

„Darauf wollte ich gerade zu sprechen kommen", mischt sich Onkel Ralf ein. „Wir werden natürlich die Patenschaft für Ole übernehmen." Er lächelt Siri an. „Dann steht sein Name offiziell auf einer Tafel!"

„Ja, wirklich, Onkel Ralf? Klasse!" Siri umarmt ihn. „Wissen Mama und Papa das auch?"

„Na klar, und sie sind einverstanden. Das machen wir allerdings ein andermal in einer offiziellen Zeremonie, und Robert soll auch dabei sein!"

„Und was ist mit Herrn Dahlberg? Immerhin hat er Ole doch gefunden!"

„Das wird sich schon zeigen, Siri."

Hans hebt mich hoch. „Hau ruck, Ole, jetzt darfst du endlich wieder baden!"

Er trägt mich durch ein paar Gänge, bis es hell wird. Jetzt höre ich schon das Husten, Bellen und Kläffen anderer Robben! Sofort fange ich wieder an zu zappeln, doch Hans hält mich unerbittlich fest. „Ich weiß, das regt dich auf, aber zuerst musst du noch in Quarantäne, so Leid es mir tut."

„O weh, wie lange denn?", rufen Siri und ich voller Schreck. Ich weiß zwar nicht, was Hans damit meint, aber es klingt schrecklich.

„Ein oder zwei Tage, bis er sich eingewöhnt und ein wenig zugenommen hat. Er kommt in einen abgeschlossenen Raum mit einem Becken. Das ist durch eine Glasscheibe von dem der anderen getrennt, so kann er seine künftigen Freunde wenigstens sehen", antwortet Hans. „Dann ist es nicht ganz so schlimm für ihn."

Hans setzt mich auf dem kahlen Boden ab. Es ist hell, und es sind keine Wände mehr rund um mich herum. Hier ist nur noch auf einer Seite eine Wand, aber die stört mich nicht. Und da ist Wasser! Begeistert platsche ich hinein und tauche erst mal unter. Ich rudere eifrig herum und stoße mir gleich darauf die Nase an. Ja, was ist das denn? Ich sehe doch, dass es dahinter weitergeht! Trotzdem kann ich nicht durch, es ist mir ein Rätsel. Eine unsichtbare Wand, so was!

Es ist hier also keineswegs wie im Meer, in dem es überhaupt keine Grenzen gibt. Andererseits ist es aber auch viel größer als dieser blöde Bach. Ich bin erst mal glücklich herumschwimmen zu können!

Als ich wieder auftauche, höre ich Siris Stimme: „Es scheint ihm zu gefallen."

„Na, das ist doch sehr viel besser als eine Badewanne", stimme ich quäkend zu und nicke mit dem Kopf.

„Als ob er mich verstehen würde!", ruft Siri entzückt.

Tja, da kann ich was besser als du, gell?

„Wir sollten Ole jetzt erst mal allein lassen, bis er sich zurechtfindet", sagt Hans. „Später werde ich ihn füttern. Du kannst ihn jederzeit besuchen, Siri."

„Darf ich dann auch zu ihm runter und mit ihm spielen?"

„Nein, das wäre doch zu viel des Guten. Er soll sich nicht so sehr an die Menschen gewöhnen. Es ist besser, wenn wir auf Distanz bleiben und so wenig Kontakt wie möglich halten."

„Wenn wir von oben zuschauen, verlieren sie doch auch ihre Angst, oder?"

„Nicht ganz, denn da ist immer noch ein Abstand, verstehst du? Sobald du den unterschreitest, würde Ole die Flucht ergreifen."

„Pah, andere Robben vielleicht, aber Ole bestimmt nicht", behauptet Siri. „Wir sind nämlich Freunde geworden!"

Ich gucke meinen Lebensrettern nach. Ich habe natürlich verstanden, dass meine Geschichte ohne die Menschen wahrscheinlich nicht gut ausgegangen wäre. Obwohl Mama mich vor ihnen gewarnt hat, sind sie doch gar nicht so übel. Natürlich sind es Landlebewesen und deshalb wird immer eine Grenze zwischen uns sein. Ein bisschen arm dran sind sie ja schon, die Menschen: Sie können nicht fliegen und, bei dieser komischen Figur, wahrscheinlich auch nicht schwimmen. Immerzu auf dem Boden herumzuwatscheln muss doch langweilig sein.

Ist mir aber egal – ich erkunde jetzt erst mal alles. Ich brauche schon eine Weile, bis ich gelernt habe, über den glitschigen Boden zu robben. Als ich dann ganz gelassen weiterspazieren will, muss ich feststellen, dass ich ringsum von durchsichtigen Wänden umgeben bin. Ich bin also doch noch gefangen. Andererseits kann ich wenigstens nach draußen gucken. So habe ich nicht wirklich das Gefühl, eingesperrt zu sein. Obwohl Mama mir fehlt, ist es hier drin gar nicht so schlecht. Ich habe Bewegungsfreiheit und Wasser. Es ist also fast wie draußen. Wenn ich nun noch regelmäßige Mahlzeiten bekomme, kann ich mich damit abfinden.

„Haaallooo!" Jemand ruft nach mir, und ich höre ein Patschen gegen die unsichtbare Wand.

Schnell gleite ich ins Wasser und schwimme zur Grenze. Ja, wer ist das denn? „Pünktchen, bist du das etwa?", schreie ich. „Ich werd verrückt!" Gar kein Zweifel, dieses lustige Klecksgesicht kann nur zu Pünktchen gehören!

„Ja, ich bin's, und du bist der Weiße, nicht wahr?", kläfft er zurück. Er klatscht erneut mit der Flosse gegen die Wand. Dann taucht er und drückt die Nase an der Wand platt.

Ich mache es auf meiner Seite ebenso und wir starren uns mit großen runden Augen an. Dann steige ich prustend wieder auf. Vor Freude mache ich einen Luftsprung und lande klatschend wieder im Wasser. „Dass du auch hier bist!“

„Ja, es ist ganz dumm gelaufen!“, berichtet mir Pünktchen durch die Scheibe. Wir müssen uns richtig anbrüllen, damit wir uns verstehen können. Da ich jedoch sehr glücklich bin, Pünktchen wieder zu sehen, schreie ich mich gerne heiser. Ich bin nicht mehr allein, ein Freund ist hier!

„Irgendwie hab ich den Anschluss an Mama verpasst und bin in ein Fischernetz geraten!“, erzählt Pünktchen seine dramatische Geschichte. „Beinahe wäre ich ertrunken, stell dir das mal vor! Zum Glück hat mich eine Welle an Land geschubst, und dort haben mich Menschen gefunden und hierher gebracht!“ Er schwimmt an der Wand auf und ab und dreht sich dabei immer wieder. „Es ist hier gar nicht so übel, du wirst sehen! Es gibt immer genug Futter, und unseren Spaß haben wir auch. Außerdem gibt es ein paar ganz kleine Robben hier, die noch in der Babystation sind!“

„Jetzt, wo wir wieder zusammen sind, macht mir das Gefangensein gar nicht mehr so viel aus!“, rufe ich froh. „Wenn ich nur schon zu euch rüberkommen dürfte!“

„Das geht bestimmt, sobald du endlich mal schwimmen gelernt hast!“, neckt mich Pünktchen.

„Gib nicht so an, du!“, gebe ich zurück. „Du bist ja auch nicht besser, obwohl du schon viel länger schwimmen kannst als ich!“

„Das sagst du nur, weil du da drüben in Sicherheit bist! Warte nur, wenn du zu uns rüberkommst! Dann aber!“

Darüber kann ich ja nur lachen. Ich werde einfach so schnell und viel wachsen, dass mir keiner mehr was anhaben kann!

Als ich ein kleines Nickerchen halte, kommt Hans mit dem Futter. Ich bekomme Ersatzmilch und einen Brei, der einfach riesig gut schmeckt! Davon krieg ich gar nicht genug. Hans könnte mir gleich noch ein paar Portionen bringen.

„Langsam, langsam mit dem Heringsbrei!“, lacht Hans. „Ich weiß, du willst ordentlich Speck ansetzen, aber das geht auch, wenn du langsam isst!“

„Wenn'sch doch scho gut schmeckt!“, nuschle ich mit vollem Mund. Das Überleben ist gesichert. Hier gibt es bestimmt nichts Böses, das mich angreifen könnte. So kann ich die Nacht einigermaßen beruhigt ohne meine Mama verbringen.

„So, Ole“, sagt Hans am nächsten Tag zu mir. „Es ist alles in Ordnung, du darfst zu deinen Freunden rüber. Sei aber schön artig!“

„Na klar!“, juble ich.

Bald darauf bin ich bei den anderen Robben und lasse mir frische Luft um die Nase wehen. Es riecht fast wie am Strand, und ich bin total aufgeregt.

Die anderen kommen natürlich gleich alle zu

mir, um mich in Augenschein zu nehmen. Das macht mich ein wenig nervös, aber ich lasse es mir nicht anmerken. Pünktchen ist als Erster bei mir, und wir kabbeln uns, wie es üblich ist, mit viel Gegröle und Gehabe. Dann rutsche ich ins Wasser, und alle folgen mir platschend nach. Hier ist viel mehr Platz, und ich zeige gleich mal, was ich bisher alles gelernt habe: Ich flitze wie ein Pfeil unter Wasser, drehe mich blitzschnell, wechsle die Richtung und ziehe Schrauben und Pirouetten. Plötzlich stoße ich mit einer anderen Robbe zusammen, die unvermutet vor mir aufgetaucht ist. Hustend und prustend schwinge ich mich mit einem kräftigen Klatschen meiner Schwanzflossen an Land und schüttle meinen Kopf. Das hat ja ordentlich gerumst!

Neben mir kommt die andere Robbe aus dem Wasser. „Sag mal, kannst du nicht aufpassen?"

„Ich? Du bist doch auf einmal im Weg gewesen!"

„Du bist derjenige, der wie ein Irrer durchs Wasser gezischt ist!"

„Na und? Ich bin eben gut!", gebe ich an.

„Doof bist du!", keift mich die andere Robbe an. „Kaum hier, schon spielst du dich wie sonst wer auf! Kein Benehmen!"

„Wer bist du überhaupt?", fege ich zurück.

„Ich bin Nööle!"

„Das passt, du nölst wahrscheinlich eh nur rum!"

„Und du bist ein blöder Angeber!"

„Ich heiße aber Ole!“

„Solltest lieber Oje heißen!“

Darauf fällt mir erst mal nichts ein, außerdem muss ich noch Luft holen. Empört und finster schaue ich die freche Robbe an. Sie ist ganz bestimmt kein Seehund, denn sie hat ein dunkles Fell und helle Ringe. Eigentlich ist sie hübsch. Aber ein ziemlich vorlautes Mädchen.

„Dir passt es wohl nicht, dass es nicht mehr nur nach deiner Nase geht, oder?“, sage ich dann giftig. „Anscheinend weist dich sonst keiner zurecht!“

„Wer sollte das tun? Du etwa?“ Sie gähnt mir keck ins Gesicht. „Bild dir bloß nichts ein. Du bist nur ein kleiner Junge, der überhaupt nichts zu sagen hat!“

„Na, und du erst recht nicht!“ Ich reiße das Maul weit auf. Meine Schnauze ist viel länger als ihre, und Zähne hab ich auch schon. Ein paar. „Du bist ein Mädchen, das mal ordentlich untergetaucht gehört!“

„Bla, bla, blubb“, macht sie und wedelt lässig mit der Vorderflosse.

Jetzt muss ich lachen. Eigentlich ist sie lustig, die Nööle. Nicht auf die Schnauze gefallen. „Lust auf ein Wettschwimmen?“

„Aber immer!“

Platsch, sind wir beide im Wasser und sausen Seite an Seite die ganze Bahn entlang. Die anderen

Robben müssen zusehen, dass sie wegkommen. Kurz vor der Wand schlägt Nööle einen Haken und taucht senkrecht ab, bevor sie pfeilschnell zurückjagt. Ich bin ein wenig langsamer als sie, doch beim Freischwimmen hole ich sie gleich wieder ein. Schließlich dreht sie sich auf den Rücken. Ich ringle mich um sie und gebe ihr einen Klaps an die Seite. Dann springe ich an Land zurück. Ich bin völlig fertig. Kurz darauf ist Nööle neben mir.

„Gar nicht so schlecht für einen Anfänger“, meint sie schnaufend.

„Ich habe mich nur wegen dir zurückgehalten“, behaupte ich ächzend. Hoffentlich fordert sie mich nicht noch mal heraus, weil ich so angebe! Jetzt gehe ich vermutlich unter wie ein Stein, so geschafft bin ich.

„Ah, ihr habt euch schon bekannt gemacht!“ Pünktchen ist auf einen der oberen Plätze gerobbt und lässt sich die Sonne auf den Pelz brennen. „Du musst aufpassen, Ole, so schnell wie Nööle ist keiner!“

„Und so frech auch nicht“, murmle ich. „Autsch!“ Nööle hat mir eins übergezogen, aber das habe ich wohl verdient.

„Mittagessen!“, ruft Hans und kommt mit vollen Eimern zu uns herein. Da lassen wir uns nicht lange bitten! Wenn's ums Essen geht, sind alle ziemlich schnell!

Bei uns geht's rund

Siri hält ihr Versprechen, jeden Tag bei mir vorbeizuschauen. Sie steht am Gitter der Besucherterrasse und winkt zu mir herunter. Manchmal winke ich zurück, aber meistens bin ich viel zu beschäftigt, um mich großartig um sie zu kümmern. Nööle hält mich ganz schön in Atem. Sie hat ein Temperament, mit dem man kaum mithalten kann! Ob im Wasser oder an Land, immer fällt ihr etwas Neues ein, um mich zu ärgern. Jetzt zwickt sie mich gerade!

„Aua, Nööle, kannst du nicht mal einen anderen nerven?"

„Nee, mit dir macht das einfach am meisten Spaß!", behauptet sie. Zur Bekräftigung zwickt sie mich gleich noch mal. „Na warte!"

Irgendwann krieg ich sie schon. Bei dem guten Futter und dem ständigen Training lege ich jeden Tag ordentlich an Gewicht und Kraft zu. Ich bin auch schon ein gutes Stück gewachsen. Bald hab ich Pünktchen eingeholt! Und eines Tages werde ich auch schneller als Nööle sein, aber dann!

„Guck mal, Mama, guck mal!" Ich schaue nach oben. Ein noch ziemlich kleines Menschlein sitzt auf dem Arm der Mama und hampelt herum. Anscheinend beeindrucken wir es! Es fuchtelt ganz wild mit den Händen herum, und auf einmal fällt etwas herunter. Genau auf meinen Kopf.

„He!", kläffe ich. „Was soll das denn?" Das Ding kullert von meinem Kopf und bleibt vor mir liegen. Neugierig beäuge ich es. Es ist ein kleiner Ball!

„Wäääh!", plärrt das Kind. „Will den Ball zurüüück!"

Aha, erst werfen und dann wiederhaben wollen. Von wegen! Vorsichtig nehme ich das Bällchen auf, da kommt Nööle auch schon angewackelt!

„Was ist das? Kann ich mal sehen?"

„Dasch'n Ball", quetsche ich zwischen den Zähnen hervor. „Unner gehört mir, weg da!"

„Ich will ihn aber sehen! Los!" Nööle fängt zu quengeln an, und das Kind oben quengelt ebenfalls. Ich will den Ball nicht mehr hergeben. Immerhin ist er mir auf den Kopf gefallen!

Ich recke mich, so hoch ich kann. Auch Nööle reckt ihren Hals und versucht mir den Ball aus der Schnauze zu klauen. Gerade will ich die Flucht ergreifen, als Pünktchen von der anderen Seite kommt!

„Seht mal, wie lustig!" – „Aber mein Ball ..." – „Schau lieber zu!" Die Menschenstimmen schwirren über uns, doch wir sind viel lauter.

Alle sind hinter mir her, das war ja klar! Sie schneiden mir den Weg zum Wasser ab. Ich schlängle mich zwischen ihnen durch und rucke jedes Mal mit dem Kopf rechtzeitig weg, bevor mich einer erwischt.

Endlich habe ich mich ein wenig freigekämpft und jetzt reicht es mir. Ich schleudere das Bällchen hoch in die Luft, alle Augen folgen ihm. Er saust wieder direkt zu mir herunter und diesmal bin ich vorbereitet! Blitzschnell springe ich hoch und stoße mit dem Kopf zu: Der Ball fliegt über die hochgereckten Köpfe meiner Freunde hinweg zu Nööle, die am anderen Ende wartet. „Öck! Öck!“, ruft sie begeistert und ahmt mich nach. Sie erwischt den Ball und köpft!

„Hurra!“, schreien die Menschen oben. Der Ball fliegt, und keiner von uns weiß, wo er landen wird. O weh, wahrscheinlich im Wasser! Das Wettrennen geht wieder los: Wir stürmen alle hinterher, rempeln und stoßen uns gegenseitig ohne Rücksicht auf Verluste.

„Ole, Ole!“, spornt Siri mich oben an. „Ole, Ole!“, stimmen mehrere mit ein. Jetzt muss ich mich aber ranhalten!

Ich stoße mich mit dem Hinterteil ab und schnelle dem Ball hinterher. Kurz bevor wir beide aufs Wasser schlagen, erwische ich ihn mit der Schnauze und schubse ihn erneut nach oben. Dann schlägt das Wasser über mir zusammen. Ruckzuck bin ich wieder draußen und springe mit einem Satz über meine Kumpels hinweg. In einem heillosen Durcheinander kämpfen sie um den besten Platz, doch ich schnappe ihn mir. Den Ball fest in der Schnauze, tauche ich unter und schwimme pfeilschnell davon. Dann katapultiere ich mich an Land, wo ich schwungvoll auf die höchste Stufe hinaufrobbe.

„Wirf ihn rauf, Ole!“, ruft Siri und klatscht in die Hände. „Na komm, du kannst das!“

Sie meint, ich soll das Bällchen zurückgeben? Aber es ist doch so ein tolles Spielzeug!

„Ole, Ole!“, rufen die anderen Menschen.

Na, da kann ich eigentlich nicht anders. Also gut! Außerdem kommen Pünktchen und Nööle schon wieder von zwei Seiten auf mich zu.

Schwungvoll schleudere ich das Bällchen hoch. „Öck! Öck!“ Es fliegt – Siri streckt die Hände aus – dann landet es im Wasser! Schade, zu kurz geworfen.

„Oooch“, macht Siri. Sie applaudiert mir trotzdem, denn ich habe es immerhin beinahe geschafft. „Du warst große Klasse, Ole!“

Zuerst tue ich ganz bescheiden, doch dann recke ich stolz den Kopf in die Höhe. „Ich bin hier der Größte!“, belle ich.

Unter mir spritzt das Wasser, als meine Freunde sich um das Bällchen streiten. Es wippt auf den Wellen entlang, immer knapp an einer Robbenschnauze vorbei.

Die anderen Menschen applaudieren auch. Allen

voran Hans, der ebenfalls zugeschaut hat. „Solche Vorstellungen wird es bei uns in Zukunft öfter geben!“, verspricht er.

Echt? Wir kriegen noch mehr so Spielzeug? Na, bei dem Publikum machen wir das doch gerne!

Von jetzt an kommen täglich haufenweise Besucher in die Station und sie bringen uns Spielzeug mit: bunte Bällchen, Ringe in allen Größen, Quietschdinger und und und ... Es ist die reinste Freude. Da kommt keine Langeweile auf!

Eines Tages zeigt sich sogar der Herr Direktor, der auf der Station das Sagen hat. „Ole, du bist Spitze!“, lobt er mich. „Dank deiner Vorstellung haben wir gleich drei neue Paten gewonnen! Wenn das so weitergeht, werden wir dieses Jahr vielleicht mal besser über die Runden kommen!“

„Seine Augen gucken auch gar nicht mehr traurig“, meint Siri. „Jetzt sind sie ganz normal groß und feucht, und sein lustiger Bart wackelt dauernd!“

Nööle kriecht an meine Seite. „Menschen sind schon komisch, gell?“

„Das kommt, weil sie so wenig im Wasser sind“, meine ich weise.

Siri hält etwas Raschelndes hoch. „Du bist übrigens in der Zeitung, Ole! Jemand hat die Geschichte mit dem Wildschwein aufgeschnappt und gleich veröffentlicht! Toll, nicht wahr?“

Weiß nicht. Was ist denn eine Zeitung? Kann ich

damit spielen oder sie essen? Na, Hauptsache, es macht Siri Spaß. Sie scheint sich ja wirklich darüber zu freuen.

„Durch den Ring, Ole! Durch den Ring!"

„Öck! Öck!" Sie feuern mich an, und ich kann nicht widerstehen. Auf dem Wasser treiben große und kleine Ringe, die wir uns gern gegenseitig zuwerfen. Mir macht es auch Spaß, von unten her durch die großen Ringe durchzutauchen. Dann schnelle ich aus dem Wasser und drehe mich einmal, bevor ich mit einem gewaltigen Platsch zurückfalle. Das will ich jetzt auch wieder vorführen, allerdings mit einem kleinen Hintergedanken.

„Na los, Ole!", ruft Siri, die natürlich auch dabei ist. „Du kannst das, zeig es uns doch!"

Neben ihr steht ein kleiner, kräftiger Mann mit ganz wilden dunklen Haaren. Außerdem hat er einen lustigen Schnauzbart, viel lustiger noch als meiner, weil er richtig aufgezwirbelt ist. Er scheint ziemlich stolz darauf zu sein, denn er prüft dauernd nach, ob er noch schön in die Höhe steht. Dabei zwirbelt er eifrig an den Enden herum. Er stolziert am Geländer auf und ab und guckt mit einem komischen Gesichtsausdruck zu uns herunter. Dazu macht er „hm, hm, hm". Siri hat ihn vorhin angesprochen, aber er ist wohl schwerhörig, denn er hat nicht geantwortet. Ziemlich unhöflich! Dem will ich ein wenig Manieren beibringen!

Ich schwimme einmal um den Ring herum. „Nööle, willst du durchschwimmen?", frage ich meine Robbenfreundin. Sie ist mir nämlich schon ein paar Mal frech in die Quere gekommen und hat mich von dem Ring weggeschubst.

„Nee, mach du nur! Ich bin mit dem Ball beschäftigt", antwortet sie.

Na, umso besser. Ich tauche ab und nehme Anlauf. Diesmal brauche ich besonders viel Schwung! Von unten schieße ich zielsicher durch den Ring hindurch und springe dann in die Luft. Für ganz kurze Zeit weiß ich, wie sich die Möwen fühlen, wenn sie schwerelos über dem Wasser dahingleiten.

Noch in der Luft drehe ich mich, wobei ich Siri und den kleinen Mann sehen kann. Viele Zuschauer klatschen mir zu und feuern mich weiter an. Ich krümme meinen Körper und plumpse mit dem mächtigsten Platscher aller Zeiten ins Wasser. Eine gewaltige Fontäne schießt hoch und spritzt die Zuschauer nass! Hurra, es hat geklappt, genau das wollte ich!

„Iiiih!", kreischt Siri. „Ole, du Schlitzohr! Du Ferkel!"

Die anderen Menschen quietschen nicht weniger laut, sie stehen wie begossen da und können es nicht fassen. Während ich auf dem Rücken liegend unter ihnen dahin treibe, verschlucke ich mich fast vor Lachen. „Öck! Öck-öck!"

Auch meine Freunde lachen, am lautesten Nööle. „Gut gemacht, Ole! Das war Klasse!“, lobt sie mich und schaut mich bewundernd an. Na endlich mal! Ausnahmsweise ist sie gerade nicht vorlaut!

Der kleine Mann ist ebenfalls nass. Die Enden seines schönen schwarzen Schnurrbarts hängen traurig runter. Plitsch, plitsch, tropft es leise herab. Aber er gibt keinen Pieps von sich und versucht auch nicht sich das Wasser abzuklopfen, wie es die anderen machen. Er macht auf dem Absatz kehrt und rauscht wortlos davon.

„Diese freche kleine Robbe!“, ruft jemand. „Ole, du bist ein Schlingel!“

Viele Leute lachen. Das gefällt mir. Siri hat mir erzählt, dass die Menschen nicht immer so fröhlich sind. Hier habe ich jedoch noch nie jemanden mit griesgrämiger Miene erlebt. Ich glaube, unsere gute Laune ist einfach ansteckend. Nur der kleine Mann war ein wenig komisch, aber ich habe ihm ja auch den schönen Bart ruiniert. Hoffentlich kriegt Hans keinen Ärger deswegen, denn früher soll es schon vorgekommen sein, dass sich jemand beschwert hat. Das muss aber schon lange her sein, denn seit ich da bin, sehe ich nur gut gelaunte Gesichter.

„Also wirklich!“, bekräftigt Siri. „Du hast doch nur Blödsinn in deinem Spatzenhirn!“

Eine Frechheit ist das! Bevor ich ihr entsprechend antworten kann, bekomme ich leider einen

Ball an den Kopf. Nööle paddelt vorbei, den wieder aufgefangenen Ball in der Schnauze. „Du bist dran!“, ruft sie. Jetzt muss ich natürlich sofort hinterher! Pünktchen ist ebenfalls mit von der Partie, so etwas lässt er sich nicht entgehen.

Eine wilde Wasserjagd beginnt, bei der wir uns gegenseitig den Ball abjagen. Manchmal verlieren wir dabei allerdings etwas den Überblick und balgen uns um nichts. Dann tanzt das Bällchen seelenruhig auf den Wellen dahin, und keiner merkt es.

Das Spielen macht uns und den Menschen einen Heidenspaß, und das ist wieder gut für uns. Denn dann bekommen wir von Hans zur Belohnung leckere Heringshappen!

„Hallo, Kinder!“, sagt er, wenn uns etwas Besonderes erwartet. „Schaut mal, was ich hier habe!“

Inzwischen sind wir alle gut gewachsen, und keiner von uns braucht mehr Milch.

„Was ist es denn? Was hast du da?“, schnattern wir alle aufgeregt durcheinander.

„He, benehmt euch! Ich zeige es euch, wenn ihr brav seid und keine Rüpel. Dass mir keiner zu nahe kommt!“ Dazu piekst er drohend mit dem Zeigefinger in die Luft. Mir braucht er das nicht mehr zweimal zu sagen.

Ich habe nämlich beim ersten Mal versucht, zu ihm hinzuhoppeln und in den Eimer zu gucken. Na, da gab's ein Donnerwetter!

„Schleich dich, du neugieriger kleiner Teufel!“, hat er mich angefegt und mit wedelnden Armbewegungen weggescheucht.

„Öck!“, habe ich empört gekläfft. „Das ist aber nicht die feine Art!“

Doch Hans hat einen so wilden und starken Eindruck gemacht, dass ich mich lieber zu den anderen ins Wasser getrollt habe. Er war fast so wie Mama, und die konnte wirklich sehr energisch sein.

„War wohl nix!“, hat Pünktchen schadenfroh gegrinst, und Nööle hat mir die Zunge herausgestreckt.

„Bild dir bloß nicht immer so viel ein, Ole! Du wirst uns nicht vorgezogen, auch wenn Siri dich jeden Tag besucht!“

Ich bin nämlich der Einzige mit einer festen Menschenfreundin. Die anderen bekommen nur unregelmäßig Besuch und können ihre Paten meist nicht von den anderen Menschen unterscheiden.

Der Spott meiner Kameraden ärgerte mich. „Das nächste Mal lasse ich mich nicht vertreiben!“, habe ich großspurig angegeben. Gleich darauf hätte ich mir die Zunge abbeißen können. Das war wieder mal typisch für mich: Erst reden, dann denken. Dabei wäre es umgekehrt viel besser! „Hoffentlich gehen die anderen nicht darauf ein!“, dachte ich. Natürlich wurde mir der Wunsch nicht erfüllt.

„Das wollen wir sehen! Das wollen wir sehen!“,

haben Pünktchen und Nööle im Chor gerufen. „Wir nehmen dich beim Wort! Nächstes Mal bist du dran!“

Na, da hockte ich aber schön in der Patsche! Bei der nächsten Fütterung wollten natürlich alle sehen, wie ich mich mit Hans anlege.

„Los, los!“ Sie schoben mich regelrecht an Land. „Zeig's ihm! Du hast es versprochen!“

Das hatte ich nun davon, dass ich das Maul zu voll genommen habe. Aber über Nööle meckern!

Zurück konnte ich natürlich nicht mehr, schließlich wollte ich nicht ausgelacht werden. Also robbte ich in Richtung Eimer, wobei ich immer wieder nach Hans schielte. Vor ihm habe ich nämlich gehörigen Respekt. Das ist so, weil ich der Unterlegene bin und mich ihm unterordnen muss. Als Feigling wollte ich vor den anderen aber auch nicht dastehen. Was für eine Zwickmühle!

Aus dem Eimer duftete es besonders lecker. Hans war glücklicherweise abgelenkt und beachtete mich gar nicht. Er nahm gerade ein paar Fische aus dem Eimer, die noch zu zappeln schienen. Das ließ mir erst recht das Wasser im Mund zusammenlaufen!

Jetzt war es um mich geschehen. Mit einem Auge auf Hans näherte ich mich dem Eimer. Ich war fast schon da. Es guckte ein Fischschwanz raus und ich musste nur noch zupacken.

In dem Moment sah Hans mich.

„Ja, was machst du denn da?“, pfiff er mich an, dass es mich fast ins Wasser zurückwehte.

Au weh! Ich war stocksteif vor Schreck und das Maul blieb mir offen stehen. Ich konnte weder vor noch zurück, was sollte ich jetzt nur tun?

„Vorwärts, Ole!“, feuerte Nööle mich an. „Gleich hast du's!“

„Na, was ist?“, knurrte Hans und kam langsam näher.

Was ist schlimmer, Hans' Strafe oder Nööles Spott? Keine Frage: Nööle! Wie würde ich vor ihr dastehen!

Uihuih, jetzt aber fix! Ich machte einen Satz nach vorn und schnappte nach dem Fischschwanz. Der Eimer wackelte bedenklich, und mir wurde vor Schreck warm unterm Pelz. Wenn er umfiele, würde Hans explodieren, das wusste ich genau. Das wäre dann doch schlimmer als Nööles Verachtung. Vor allem würden sich dann die Fische auf dem Boden verteilen, und meine Kumpels würden sich darauf stürzen ...

„Aus!“, donnerte Hans. „Sofort her mit dem Fisch!“

Das denn doch nicht. „Pustekuchen!“ Was ich habe, gebe ich nicht mehr her.

Der Eimer schaukelte und schwankte immer stärker. Hans sah es und dachte sich jetzt bestimmt dasselbe wie ich. Er hechtete zu dem Eimer zurück, um ihn zu halten, und damit war der Fluchtweg für mich frei. Mit dem Fisch im Maul rutschte ich ins Wasser zurück, wo ich sofort lärmend von meinen Kameraden umringt wurde. Allerdings nicht, um mir zu gratulieren, nein, sie wollten mir den Fisch tatsächlich klauen! Das ist gemeiner Mundraub. Ich hatte die Arbeit und trotzte allen Gefahren, und die wollen die Belohnung? So nicht! Ich tauchte ab und sauste davon, und als ich auf der anderen Seite wieder an Land sprang, schluckte ich den Fisch hastig hinunter. „So!“, rief ich stolz. „Das soll mir mal einer nachmachen!“

„Du hättest doch teilen können!“, beschwerte sich Nööle.

„Mit dir etwa?“, bellte ich sie an. „Denkst du, ich habe das für dich getan?“

„Na ja, ich dachte ...“, stotterte sie. Sie kam neben mich und rieb ihren Kopf an meiner Schulter. „Ich dachte, du magst mich ein bisschen.“

„Öh ...“ Natürlich mochte ich sie. Wenn sie mich gerade mal nicht nervte wie in diesem Moment, sogar sehr. Doch das musste ich ihr ja nicht unbedingt auf die Nase binden.

„Macht das ja nicht noch mal!“, hielt Hans uns eine Standpauke, die mich aus meiner Verlegenheit riss.

Ich duckte mich unter seinem zornigen Blick. „Ufff ...“, machte ich versöhnlich. „War doch nur Spaß!“

Da musste Hans doch lachen. „Du Racker! Bei dir

muss man wirklich auf alles gefasst sein! Aber das nächste Mal passiert dir was, das verspreche ich!“

Das glaube ich ihm aufs Wort. Und ich werde das bestimmt nicht noch mal machen. Ich habe bewiesen, dass ich es kann, das muss genügen.

Nach diesem Abenteuer bin ich nun wirklich brav. Jetzt warten wir ordentlich aufgereiht im Wasser und fordern Hans auf, uns nicht zu lange hinzuhalten! Manchmal macht er sich nämlich auch einen Spaß daraus, uns zu ärgern. Er tut so, als ob er wirft, und dabei tauchen wir vergeblich, weil er die Fische immer noch in der Hand hält! Wenn er sie dann schließlich doch wirft, kocht das Wasser regelrecht, so toben wir herum. In solchen Momenten erwacht der Jäger in uns, und wir tauchen eifrig nach der Beute. Jeder von uns versucht, den anderen so viel wie möglich wegzuschnappen. Am Ende werden wir jedoch alle satt und haben uns ein Nickerchen an der Sonne verdient. So eine Jagd ist nämlich ganz schön anstrengend, noch anstrengender als spielen!

Robert muss sich entscheiden

Eines Tages kommt Siri total aufgeregt in die Station, und sie ist nicht allein! Ihre ganze Familie ist bei ihr, Mutter und Vater, Onkel Ralf und sogar Robert! Den habe ich eigentlich immer ein bisschen vermisst. Siri hat mir erzählt, dass sie mehrmals versucht hat, Robert zum Mitkommen zu bewegen. „Er spielt viel lieber Fußball“, hat sie mir anvertraut. „Es ist schade! Früher haben wir uns immer so gut verstanden, aber jetzt ist er nur noch mit seinen Freunden unterwegs. Es scheint ihm sogar richtig peinlich zu sein, mit mir gesehen zu werden! Verstehst du das?“

„Nicht die Spur, Siri“, habe ich geantwortet. Dabei habe ich die Schnauze halb ins Wasser getaucht und geblubbert, damit sie wieder lacht. „Ich bin sehr gern mit dir zusammen, und du bist eine tolle Freundin!“

Sie wollte mir noch etwas sagen, leider sind in diesem Moment andere Menschen hinzugekommen.

Doch heute ist er dabei! „Welcher ist denn nun Ole?“, fragt er und schaut suchend herum.

„Hiiiier!“, heule ich. Ich hample schon die ganze

Zeit herum, was muss ich denn noch alles tun, damit er mich sieht? Seufzend krieche ich an Land und postiere mich ganz oben. „Na, erkennst du mich jetzt endlich?“

„Da sitzt er doch, Robert!“, ruft Siri und deutet zu mir. „Also deutlicher geht's nicht! So wie Ole sieht doch kein anderer aus! Hast du Tomaten auf den Augen?“

Endlich hat er mich entdeckt. Seine Augen werden fast so rund wie meine. „Was, so groß ist er schon? Der ist ja wahnsinnig gewachsen!“

Klar, bei der guten Pflege! Ich nicke mit dem Kopf und wedle leicht mit einer Flosse. „Da staunst du, was?“

Siris Eltern und Onkel Ralf pflichten Robert bei. „Unser Findelkind hat sich wirklich enorm gemacht! Ole sieht prächtig aus!“

„... und kein bisschen wie ein Wildschwein!“, fügt Robert hinzu, und alle prusten los.

Da hat er allerdings Recht! Mich würde jedoch vielmehr interessieren, wieso alle zusammen da sind! Ich meine, es freut mich natürlich, aber das hat sicher einen Grund!

„Heute ist ein großer Tag, Ole!“, legt Siri endlich los. Da sehe ich schon den Leiter der Station kommen und er hält eine Tafel in der Hand.

„Ja, die Patenehrentafel ist endlich aktualisiert worden, und nun steht dein Name hier, Ole! Als Paten haben wir Siri und Robert eingetragen, seht ihr?“ Er hält die Tafel hoch, und die Menschen betrachten sie unter „Ahs“ und „Ohs“.

„Herr Dahlberg konnte leider nicht kommen, aber er lässt das ‚Wildschwein‘ grüßen!“, lacht Doktor Lauritz.

„Das Schild sieht nicht schlecht aus“, meint Robert, und seine Brust wölbt sich stolz. Ich kann das natürlich besser, aber für einen jungen Menschen ist es nicht übel.

„Eigentlich hast du das gar nicht verdient, denn du bist ja nie da“, meint Siri vorwurfsvoll.

„Papa hat Ole immerhin untersucht!“

„Und was hat das mit dir zu tun?“

„Du hast das Geld für die Patenschaft auch von deinen Eltern bekommen!“

„Nun kriegt euch nicht in die Haare!“, mischt sich Siris Mama ein. „Ihr steht beide auf der Tafel, und das ist doch das Wichtigste, oder? Damit hat Ole offiziell seinen Namen, und das werden wir jetzt feiern!“

Das klingt gut! Ich mache den Hals ganz lang. „Habt ihr mir was mitgebracht?“, belle ich.

„Klar!“, gibt Siri zur Antwort, die diese hungrigen Töne von mir schon kennt. Sie hält ein Eimerchen hoch. „Hier, die sind alle für dich!“

Ja, von wegen, das Signal kennen die anderen natürlich auch. Schlagartig kommen sie aus dem Wasser und drängeln sich um mich. Wenn die meinen, sie kriegen was ab, haben sie sich geschnitten! „Das sind allein meine Fische, denn heute ist mein Ehrentag!", keife ich sie an und schnappe nach allen Seiten. Wenn's um den Fisch geht, kenne ich keine Freunde mehr! Nicht mal Nööle, und wenn sie sich noch so eng an mich herandrängt. Das kenne ich schon, das macht sie aus purer Berechnung, um mir die besten Happen zu klauen. Sie ist wirklich ein tolles Robbenmädchen, auch wenn sie rotzfrech ist. Außerdem weiß sie genau, was sie will.

„Hier, Ole, fang!", ruft Siri und wirft den ersten Fisch. Leider zu kurz! Er fällt ins Wasser, und bevor ich eine Flosse rühren kann, ist Pünktchen schon drin und hat ihn sich geschnappt.

„He!", beschwere ich mich. „So geht das nicht!"

„Ach, Mist!", ärgert Siri sich über sich selbst.

„Lass mich mal!", sagt Robert und nimmt ihr den Eimer weg. „Ich zeig dir, wie Profis das machen." Er wirft den Fisch: Hurra, diesmal kriege ich ihn! Alle recken die Hälse, doch ich bin ganz oben und brauche bloß das Maul aufzusperren. Schnapp, schluck, weg ist er. Lecker!

„Geh mal weg da, jetzt bin ich dran!" Pünktchen will mich wegschubsen, aber da hat er sich verrechnet! Ich bin inzwischen nämlich größer und vor allem schwerer als er.

„Wage es ja nicht!", schnauze ich ihn an. Ich hole mit den Schwanzflossen aus und ziehe ihm seitlich eins über. Mit aufgerissener Schnauze drohe ich ihm. „Die sind extra für mich, also verzieh dich!"

„He, ihr da unten, seid ihr euch bald einig?“, beschwert sich Robert. „Mir schläft der Arm ein!“

Pünktchen weicht vor mir zurück. „Ist ja gut“, mault er. „Bin ja schon weg. Nett ist das allerdings nicht!“

„Mir Gräte wie Flosse!“ Ich recke den Hals und erwarte den nächsten Wurf. Robert ist wirklich begnadet, jeder Wurf sitzt! Ich brauche meinen Platz nicht zu verlassen.

„Klasse, Robert!“, jubelt Siri.

„Du bist begabt, Junge“, pflichtet der Stationsleiter bei. „Dich könnten wir als Ferienhilfe gut gebrauchen!“

„Nein danke, ich hab zu viel zu tun“, lehnt Robert ab. Man sieht jedoch, dass ihm das Lob gefällt.

Siri verdreht die Augen. „Er spielt Fußball“, erklärt sie.

„Ach so“, meint der Mann. „Na, das ist natürlich auch eine wichtige Aufgabe.“

„Hmm, ich könnte natürlich schon, so zwischen durch. Das wäre aber nichts Festes“, meint Robert schnell. „Wenn die anderen mal keine Zeit haben oder so.“

„Du bist immer willkommen.“

„Mehr Fisch, bitte!“, belle ich.

Nach einer Weile bin ich satt, und es scheint noch kein Ende zu geben. Ich bin ausnahmsweise großzügig und räume den Platz. „Der Rest ist für euch!“, verkünde ich.

„Ole hat wohl genug“, stellt Robert ganz richtig fest.

„Dann verteile die übrigen Fische einfach an die anderen“, schlägt Siri vor. „Die sind eh schon stinkig, weil sie nichts abbekommen haben.“

Das ändert sich sofort. Robert schleudert den ganzen Eimer einmal über das Becken, und es regnet Fische. Meine Freunde stürzen sich gierig darauf, nur ich bleibe an Land und schließe die Augen, während die Sommersonne auf meinen Pelz brennt.

Robert kommt jetzt öfter. Es scheint ihm nun doch Spaß zu machen, uns beim Spielen zuzusehen, und er darf unter Hans' Aufsicht Fische werfen. „Zur Übung“, behauptet er. „Das ist gut fürs Training.“

Dann möchte ich mal wissen, warum es *Fuß*ball heißt, wenn er angeblich die Hände dazu benutzt.

Ich trainiere ebenfalls weiter, nämlich Ballspielen. Inzwischen kann ich das Bällchen auf meiner Schnauzenspitze balancieren. Dann hole ich kräftig Schwung und stoße es ab. Der Ball saust hoch durch die Luft, und wenn ich Glück habe, können Siri oder Robert ihn auffangen. Mit Robert klappt es öfter, denn er ist darin viel geschickter als sie. Siri ärgert sich kein bisschen darüber. Sie freut sich viel zu sehr, dass ihr Cousin mitkommt und sie wieder Freunde sind.

„Wirf zurück! Nun mach schon!“, fordere ich Robert lautstark auf. So gut wie er möchte ich den Ball auch mal fangen können!

„Jetzt bin ich mal gespannt!“ Siri beugt sich nach vorn.

„Pass gut auf, Ole!“ Robert wirft. Uihuih, der Ball ist zu kurz! So kann ich den doch nicht fangen!

„Keuch!“ Ich rutsche auf dem Boden herum und recke den Hals bald hierhin, bald dorthin. Da kommt der nächste Ball: Schnell nach vorn, gleich hab ich ihn! Nur noch eine halbe Robbenlänge …

„Platsch!“, ich liege im Wasser. Das Bällchen landet auf meiner Stirn und rollt herunter.

Siri und Robert schütten sich halb aus vor Lachen und Nööle ebenfalls. „Machst du aber ein blödes Gesicht!“

„Pah, das war Roberts Schuld!“, gebe ich zurück. „Hätte er richtig geworfen, wäre alles glatt gegangen und ich hätte den Ball aufgefangen!“

„Bravo!“, applaudiert jemand. Na, wenigstens einer. Ach was, das ist ja der komische kleine Mann mit dem Zwirbelbart! Ich dachte, den hätte ich nach meiner Duschaktion vergrault. Weit gefehlt!

„Oh, Sie sind auch wieder da!“, spricht Siri ihn an.

„Frrreilich“, antwortet der Mann mit deutlich rollendem R. Er benimmt sich recht theatralisch. „Diese Rrrobben, vorrr allem Ole, sind hinrrreißend!“ So eine komische Aussprache habe ich noch nie gehört.

„Wirf ihn wieder rauf, Ole!“, fordert Robert mich auf. „Na, komm schon! Das nächste Mal klappt's bestimmt!“

Also gut. Ich krieche wieder an Land, platziere das Bällchen auf meiner Nasenspitze, balanciere und werfe. Robert kann es gerade noch auffangen, bevor er diesmal beinahe ins Wasser fällt.

„Achtung!“, ruft Siri. „Mach keinen Blödsinn, Robert, sonst dürfen wir bestimmt nicht mehr Ball mit ihm spielen!“

„Ich hab ihn ja, beruhige dich!“ Robert zwinkert zu mir herunter und wirft.

Diesmal aber richtig! Ich muss nur ein paar Schnauzenlängen rutschen, dann kann ich direkt auf das Bällchen warten. Mal sehen, ob ich es mit der Spitze auffangen kann – mit dem Maul kann's ja jeder.

Da ist es! Upps, es schnalzt wieder hoch! So war das aber nicht gedacht!

„Ja, ja“, lacht der Mann mit dem Zwirbelbart. „Prrrächtig, ganz prrrächtig!“

Na, ich weiß nicht. Jedes Mal hüpft das Bällchen wieder hoch, jetzt wird es mir gleich zu bunt! Ich gebe ein bisschen im Nacken nach, und dann habe ich es endlich! Es ist natürlich eine sehr wacklige Angelegenheit, aber mein Hals ist geschmeidig, das schaffe ich schon.

„Brrravo!“, jubelt der Mann und klatscht begeistert.

Siri und Robert applaudieren ebenso. „Toll gemacht, Ole! Du bist Spitze!"

„Öck! Öck!", rufe ich stolz. Aus dem Augenwinkel sehe ich Nööle herbeirobben.

„Du bist gar nicht schlecht, Ole!", lobt sie mich unvermutet. „Kannst du mir das auch beibringen?"

„Na klar! Hier, fang auf!" Ich werfe ihr das Bällchen behutsam zu. Nööle ist ein bisschen überrascht, doch sie erwischt das Bällchen gerade noch mit der Nasenspitze.

„Ja, und jetzt?", fragt sie ratlos. Da kullert der Ball schon herunter und rollt ins Wasser.

„Das war prima!", rufe ich.

„Meinst du echt?" Nööle scheint sich nicht ganz sicher zu sein.

„Ein bisschen Übung und du bist genauso gut wie ich!"

„He, super!", begeistert sich Siri. „Nööle macht auch mit!"

„Tja, leider", sagt da jemand. Es ist Hans! Warum guckt er denn so besorgt?

„Was meinen Sie?", fragt Siri verdutzt.

„Nun, unsere Schützlinge bleiben schließlich nicht für immer hier. Eigentlich sollten sie so einen Unfug gar nicht lernen", erklärt Hans. „In wenigen Wochen werden wir sie in die Freiheit entlassen. Dann müssen sie für sich selbst sorgen und sich vor allem von den Menschen fern halten!"

„Andererseits sind solche Übungen doch nicht

schlecht, finden Sie nicht?“, hält Siri dagegen. „Dadurch sind sie viel geschickter als die anderen und werden bestimmt gute Fischfänger. Außerdem achten wir darauf, Ole und den anderen Robben nicht zu nahe zu kommen.“

„Nicht zu verrrgessen die vielen Spenden, die Sie dieses Jahrrr errrhalten haben“, fügt der Zwirbelbart-Mann hinzu. „Mehr als sonst, möchte ich meinen.“

Hans kratzt sich am Kopf. „Das ist eben das Dilemma.“

„Ach was, es wirrrd schon gut gehen!“, bekräftigt der Mann.

„Sag mal, worüber reden die denn da?“, will Nööle von mir wissen.

„Ich weiß nicht genau“, antworte ich. „Aber ich glaube, wir dürfen unser Spielzeug behalten.“

„Dann würde ich jetzt gern weiterüben!“

„Machen wir!“

Beim nächsten Besuch kommt Robert nicht alleine. Nööle und ich spielen gerade mit Siri Ball. Meine Robbenfreundin hat fleißig geübt, und nun machen wir das Spiel zu dritt. So ist es noch viel lustiger.

„Tag, Robert!“, ruft Siri. „Schau mal, wie gut Nööle inzwischen mit dem Ball jonglieren kann!“

„Tag, Siri“, sagt Robert. „Ja, hab schon gesehen.“

Na, was ist denn mit ihm los? Er sieht ja ziemlich

lustlos aus und scheint sich überhaupt nicht zu freuen, hier zu sein!

Ob das wohl an den anderen drei Jungen liegt, die er im Schlepptau hat? Sie gucken sich um und runzeln kritisch die Stirn.

„Was, hier gehst du also immer hin?“, sagt einer von ihnen erstaunt. „Das ist alles? Dafür lässt du unsere Verabredungen sausen?“

Siri reißt die Augen auf. „Robert ist Oles Pate, genau wie ich“, sagt sie. „Wir kümmern uns um ihn.“

Die drei Jungs schauen sich an. „Ole, pfft“, macht der Erste. „Und ich dachte, der würde Barbie heißen.“

„Barbie? Wieso das denn?“ Siri ist verwundert.

„Na, weil Robert doch nur noch mit dir rumhängt. Wahrscheinlich spielt ihr beide zusammen mit Barbie-Puppen und macht einen auf liebe Familie!“, sagt der zweite Junge höhnisch.

Ich sehe, wie Roberts Gesichtsfarbe wechselt und dunkler wird.

„Was für'n Quatsch!“, widerspricht Siri empört. „Wir sind immer hier, und das ist kein Barbie-Kram! Das sind verwaiste Jungrobben, die gerettet wurden!“

„Ja, und wir können Ball spielen!“, kläffe ich hinauf.

Sie würdigen mich kaum eines Blickes.

„Das ist doch albern“, meldet sich der dritte Junge zu Wort.

„Doof“, bekräftigt der zweite.

„Und total kindisch“, fügt Nummer Eins hinzu. „Echt, Robert, dass du so babyhaft bist, hätten wir nicht gedacht.“

„Es ist doch alles ganz anders!“, will Robert sich verteidigen.

„Uns reicht es“, winkt der Wortführer ab. „Du gibst dich lieber mit Siri ab und dabei ist sie nicht mal deine Schwester. Mamasöhnchen! Wahrscheinlich ist dir der Mädchenkram lieber als Fußballspielen, hähä!“

„Ihr seid gemein, das stimmt doch gar nicht!“, ereifert sich Siri. „Robert hat den Robben das Ballspiel beigebracht, so was könntet ihr nie! Eure Köpfe sind doch genauso hohl wie euer heiß geliebter Fußball!“

„Du nervst echt! Könntest du mal die Klappe halten, wenn sich die Älteren unterhalten?“, blafft der Zweite sie an.

Siri schaut den mürrisch aussehenden Robert Hilfe suchend an.

„Tja, da wirst du dich wohl entscheiden müssen“, sagt der Wortführer zu Robert. „Entweder Siri oder wir. Entweder du spielst mit Puppen oder mit uns Fußball. Was ist dir lieber?“

„Das ist doch keine Frage!“, ruft Robert. „Ich spiele natürlich mit euch!“ Und er wendet sich zum Gehen!

„He!“, rufe ich. „Was ist mit dem Spiel?“

„Robert!“, ruft Siri ihrem Cousin nach. Ihre Augen füllen sich mit Tränen.

„Das bringt nichts, Siri“, sagt Robert. „Meine Freunde sind mir einfach wichtiger. Tut mir Leid.“

„Dann hau doch ab!“ Siri kehrt ihm demonstrativ den Rücken zu.

Nööle und ich versuchen sie abzulenken, aber an diesem Nachmittag will sie nicht mehr spielen. Sie steht noch eine Weile herum, dann verschwindet auch sie.

„Versteh einer die Menschen!“, meint Nööle und wackelt mit dem Bart.

„Das hast du schon mal gesagt“, erinnere ich sie und tauche sie unter.

Der Mann mit dem Zwirbelbart

Robert kommt nicht mehr, damit muss ich mich wohl abfinden. Siri hält allerdings weiterhin zu uns und ist auch wieder fröhlich. „Robert ist halt kindisch“, vertraut sie mir in einer stillen Minute an. „Er hält sich schon für mordserwachsen, dabei sind er und seine Kumpels viel kindischer als ich. Mama hat mir gesagt, sie halten in dem Alter oft nicht viel von Mädchen, doch das ändert sich.“ Sie lacht verschmitzt. „Na klar, sonst wären Papa und sie nicht verheiratet, oder?“

„Vermutlich. Bei uns ist das ein bisschen anders, Siri“, antworte ich. „Wir bilden einen Harem, und die Väter kümmern sich kaum um den Nachwuchs. Weil es Mama hierher verschlagen hat, hab ich meinen Papa nie kennen gelernt. Aber wenn ich groß bin, werde ich es so machen wie er, denke ich.“

„Bis dann ist es aber noch eine Weile hin“, mischt Nööle sich wie gewohnt ein und gibt mir einen Klaps. „Tu doch nicht immer so altklug!“

„Und sei du nicht dauernd so vorlaut!“

Noch ein anderer hält uns die Treue: Der Zwirbelbart-Mann. Er ist nun jeden Tag da und hat uns sogar mal Fisch in einem Eimerchen mitgebracht. Hans hat ihm das erlaubt. Oft fordert er Siri auf, mit uns Ball zu spielen.

Dazu haben wir jedoch nicht immer Lust, schließlich sind auch noch die Reifen da, die wir durch die Gegend werfen können. Beim Reifenspiel gewinnt derjenige, der es schafft, einen Reifen über den Kopf eines Freundes zu werfen. Vor allem Pünktchen stellt sich dabei recht geschickt an. Ich hab schon mal drei Ringe über dem Kopf gehabt. Mit heftigen Kopfbewegungen habe ich sie abgeschüttelt und das Spiel begann von vorne.

Manchmal liegen wir auch den ganzen Tag nur faul herum und aalen uns in der Sonne. Die Nächte werden allmählich schon ein wenig kühler, der Sommer wird wohl nicht mehr lange dauern. Deswegen müssen wir uns ranhalten und noch ordentlich Speck ansetzen! Das geht am besten mit Fressen und Nichtstun. Lange halten wir das allerdings nicht aus. Wenn der Erste wieder im Wasser ist, folgen wir anderen auf der Flosse. Spielen ist ansteckend!

Eines Tages passiert etwas ganz Komisches: Der Zwirbelbart-Mann bringt keinen Eimer mit, sondern einen kleinen Kasten. Er hantiert daran herum, und auf einmal hören wir ganz wundersame Töne.

„Das ist Musik“, erklärt uns der Mann. „Horrcht mal!“

Pünktchen ist als Erster aus dem Wasser. Er robbt ganz nach oben, um nur ja nichts zu versäumen. Mit hochgerecktem Hals lauscht er andächtig. „Das ist wundervoll!“, quietscht er.

Nach und nach verlassen auch wir das Wasser. Dicht an dicht hören wir den Klängen zu. Es ist wirklich etwas Besonderes, ich kann nicht erklären, warum die Musik mir so gefällt. Pünktchen, der Seehund, ist ganz hingerissen und nicht mehr ansprechbar. Wie verzaubert liegt er oben. Wenn seine Barthaare nicht gelegentlich zittern würden, könnte man ihn für eine Statue halten.

„Was machen Sie denn da?“ Siri ist gerade gekommen.

„Ich spiele den Rrrobben Musik vor“, erklärt der Zwirbelbart-Mann. „Das lieben sie, siehst du? Vor allem die Seehunde. Aber auch der kleine Ole, schau nur sein Gesicht an!“

„Warum machen Sie das?“

„Ich wollte nur wissen, ob diese Legende stimmt. Die Bücher sind sich darrrüber nämlich nicht einig. Es heißt, Seehunde folgen sogarrr dem Glockengeläut und dem Gesang der Fischer und Matrrrosen. Kann natürrrlich auch Neugier sein. Die hier finden die Musik jedenfalls interrressant.“

„Warum wollen Sie das denn wissen?“, fragt Hans, als auf einmal eine dritte Stimme erschallt.

„Was geht hier vor?“ Der Obermensch ist gekommen! Und er macht ein ganz finsteres Gesicht.

„Oh, nichts Schlimmes", beschwichtigt der Zwirbelbart-Mann.

„Dann erklären Sie mir mal, was Sie da machen."

„Nun, ich spiele Musik."

„Das kann ich hören. Sie haben schon verstanden, wie ich das meine. Warum machen Sie das?"

„Ich wollte wissen, ob die Tiere das mögen."

„Ich kann mich nicht erinnern, Ihnen eine Genehmigung dafür erteilt zu haben. Oder hat Hans das getan?"

„Äh – nein."

Der Obermensch wird ein wenig größer und schaut noch finsterer. „Hören Sie, ich beobachte Sie schon eine Weile. Sie kommen jeden Tag hierher, aber so auffällig wie heute haben Sie sich noch nie benommen. Möchten Sie eine Patenschaft übernehmen oder nach einem Job fragen? Dann kommen Sie doch direkt zur Sache."

Der Zwirbelbart-Mann windet sich. „Nein, also, ich habe schon einen Job. Es geht mir um mehr als eine Patenschaft. Genau genommen, möchte ich Ihnen sogar Arrrbeit abnehmen."

„Wer sind Sie?", fragt der Obermensch kurz angebunden.

„Ich bin Hayek Rrrumbak, genauer gesagt, der grrroße Rrrumbak, und stets auf der Suche nach neuen Talenten!", erklärt der Zwirbelbart-Mann wichtig. Dabei zwirbelt er seinen Bart mehr denn je, sodass die Spitzen senkrecht nach oben stehen. Ein tolles Kunststück, das ich leider nicht kann.

„Ach was." Der Obermensch sieht keinen Deut freundlicher oder beeindruckt aus.

„In der Tat. Ich bin der Eigentümer des Zirrrkus Rrrumbak und spezialisiert auf kleine Tiere. Natürlich ist es auch ein kleiner Zirrrkus." Herr Rumbak hebt die Schultern und grinst. „Ein Kleinstzirkus, um genau zu sein, doch das hat nichts mit der Bedeutung seiner Talente und seiner tollen Show zu tun!" Er nestelt in seiner Jacke herum und reicht dem Obermenschen ein verknittertes Stück Papier. „Ich gastiere hier für einige Wochen, und wie das Schicksal es so will, habe ich ein grrroßartiges Talent entdeckt! Das darrrf man nicht verrrkümmern lassen!"

„Allmählich verliere ich die Geduld!", sagt der Obermensch streng. „Wovon in aller Welt reden Sie nur?"

„Nun, ich möchte Ole engagieren! Er wäre doch die absolute Attrrraktion!", antwortet Herr Rumbak begeistert.

„Das dürfen Sie nicht zulassen!", ruft Siri entsetzt. „Er darf mir Ole nicht wegnehmen!"

Wie meint er das? Ich verstehe von dem Gespräch leider kaum die Hälfte. Dafür höre ich weiter gespannt zu, vielleicht klärt sich das ja noch.

„Nur die Ruhe, Siri, es besteht kein Grund zur Aufregung", sagt der Obermensch. „Also, mein lieber Herr Rumbak, ich weiß nicht, wie Sie auf diese hirnverbrannte Idee kommen …"

„Das ist eine geniale Idee! Und ich würde mich auch nicht lumpen lassen, das ist doch selbstverrrständlich! Dieser Handel käme uns allen zugute!"

„Das kommt überhaupt nicht in Frage! Sind Sie verrückt geworden? Eine Robbe ist doch keine Zirkusattraktion!"

Herr Rumbak gibt so schnell nicht auf. „Ich habe gesehen, wie begeisterrrt die Kinder von Ole sind. Außerdem hat er wirrrklich sehr viel Spaß an den kleinen Kunststückchen, die ihm beigebrrracht wurden."

„Die hat er sich selbst beigebracht, und er macht sie nur, solange er Lust dazu hat!", wirft Siri ein. „Sie können ihn zu nichts zwingen!"

„Das will ich doch auch nicht, liebes Kind. Er wird es sehrrr gut bei mir haben. Es wird ihm an nichts mangeln, und er kann spielen, so viel er will. Nebenbei macht er den Kindern damit eine Frrreude!"

Das klingt eigentlich nicht schlecht, finde ich. Mit seinem schönen Bart finde ich ihn auch recht sympathisch. Außerdem hat er uns Fisch und Musik mitgebracht. Wenn ich das in Zukunft auch haben kann, spiele ich gerne Ball. Was ändert sich da genau? Wird er mir dann die Bälle zuwerfen, statt Siri? Robert kommt ja sowieso nicht mehr. Und was ist mit Nööle, darf sie auch mit dabei sein?

„Ich habe Ihnen jetzt lange genug zugehört“, sagt der Obermensch wirsch. „Es genügt. Verschwinden Sie.“

„Aber überlegen Sie doch: Mein Wanderzirrkus ist nur fürrr die Kinder. Alle meine Tiere haben es sehrrr gut bei mir, und mit Ole als Hauptattrrraktion wäre meine Existenz auch gesichert.“

„Aha, jetzt ist die Katze aus dem Sack!“, ruft der Chef wütend. „Zuerst wollen Sie sich ‚nicht lumpen‘ lassen, und dann rutscht Ihnen heraus, dass Sie in Wirklichkeit am Hungertuch nagen. Sie angeln doch nur nach einem rettenden Strohhalm! Aber so geht das nicht! Das Gespräch ist beendet, nehmen Sie Ihre Musik und verschwinden Sie! Und zwar sofort!“

Herr Rumbak greift nach seinem Kasten. „Überrrlegen Sie es sich in Rrruhe“, sagt er mit höflichem Lächeln. „Sie werden sehen, mein Angebot ist nicht schlecht. Ich empfehle mich. Guten Tag.“

Nachdem er weg ist, schaut Siri den Chef an. „Meint er das wirklich ernst?“

„Ich habe keine Ahnung, Siri. Es waren schon ganz andere seltsame Menschen hier, das darfst du mir glauben. Ich denke, er wurde durch Oles Spiele zu dieser Idee angeregt.“ Sanft tätschelt er meiner Menschenfreundin die Schulter. „Du brauchst keine Sorge zu haben, ich denke gar nicht darüber nach. Unsere Aufgabe ist es, die Heuler auf das Leben in Freiheit vorzubereiten, und dabei bleibt es.

Genauso wenig wie in eine Badewanne gehören Robben in einen Zirkus. Schon gar nicht in einen zwielichtigen kleinen Wanderzirkus. Wenn der Kerl noch mal hier auftaucht, werfe ich ihn hochkant raus."

„Ich finde ihn aber ganz nett!", quäke ich. „Wirklich, er scheint freundlich zu sein!"

Herr Rumbak lässt sich tatsächlich nicht so einfach abwimmeln. Er kommt mehrfach wieder. Das kriegt der Chef schließlich spitz, und da geht's rund. Er schießt wie der Blitz herein und schreit Herrn Rumbak an, er solle uns endlich in Ruhe lassen.

„Sie stören den Frieden hier und bringen alles durcheinander! So geht das einfach nicht! Ich lasse Ihnen jetzt die Wahl: Entweder Sie übernehmen eine Patenschaft und können wieder kommen, sooft Sie wollen. Oder ich erteile Ihnen Hausverbot!"

„Ich möchte Sie doch nur bitten …"

„Ich habe nein gesagt, und dabei bleibt es! Schlagen Sie sich diese blöde Idee aus dem Kopf, und zwar ein für alle Mal! Also, wie steht es nun? Patenschaft oder Hausverbot, Sie haben die Wahl!"

Herr Rumbak muss einsehen, dass er keine Chance hat. So ist das nun mal: Der Obermensch ist der Revierherr und hat das Sagen. Wer nicht spurt, hat sich zu trollen. Das ist bei uns auch nicht anders. Wenigstens das verstehe ich!

Der kleine Mann guckt zu mir herunter. „Tja, dann muss ich wohl leider gehen, so schwer es mirrr auch fällt. Auf Wiederrrsehen, Ole, mach's gut und sei brrrav! Es hat mir sehrrr viel Spaß gemacht mit dir! Bleib so lustig wie du bist, und lass dich nicht unterkriegen!"

„Ja, ist gut!", kläffe ich zurück, obwohl ich wieder mal keine Ahnung habe, wie er das meint. Ich wedle leicht mit der Vorderflosse. „Sei du auch brav!"

Herr Rumbak winkt mir zu und geht. Ich glaube, er hat nicht vor wiederzukommen. Robert hat letztes Mal dasselbe komische Gesicht gemacht.

Wenigstens Siri bleibt mir erhalten! Sie scheint sogar erleichtert zu sein. „Weißt du, ich fand ihn nicht unsympathisch, aber ein komischer Typ war er schon", flüstert sie zu mir runter. „Vielleicht nicht ganz richtig im Kopf." Sie macht mit dem Zeigefinger eine kreisende Bewegung seitlich am Kopf. „Und wie er das R immer gerollt hat, lustig nicht?" Sie kichert leise. „An dem Hausverbot ist er aber selbst schuld, weil er einfach nicht aufhören konnte. Jetzt darf er dich gar nicht mehr besuchen. Vielleicht zieht er mit seinem Wanderzirkus gleich weiter."

„Ja, mal sehen", antworte ich. „Aber seinen Fisch werde ich vermissen."

Entführt!

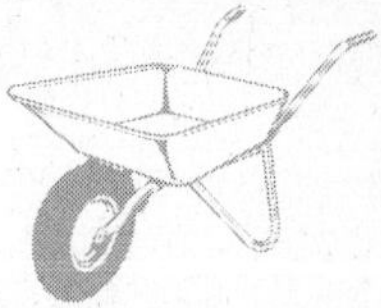

Eines Nachts wache ich durch ein merkwürdiges Geräusch auf. Was kann das sein? Sonst ist es bei uns immer ganz still, abgesehen von Pünktchen, der schnorchelt und röchelt.

Es ist ein leises Quietschen und Scharren. Ich glaube, es kommt vom Eingang. Das wird doch nicht Hans mit einer Sonderration Fische sein? So was ist zwar noch nie vorgekommen, aber bei den Menschen weiß man ja nie!

Ich gucke nach den anderen, sie schlafen alle fest. Ob ich Nööle wecken soll? Ach wo! So sichere ich mir die größte Portion!

Neugierig robbe ich zur Tür. Die Dunkelheit ist kein Problem, ich kenne den Weg auswendig. He, was ist das denn? Da schießen so komische Lichtstrahlen durch die Gegend. Einer hat mich getroffen, das blendet!

Für einen Moment bleibe ich wie erstarrt stehen, aber mir passiert nichts. Es ist wirklich nur ein Licht. Der Lichtkegel irrt völlig ziellos herum. Wenn ich mich ein wenig ducke, kann ich ihm vielleicht ausweichen. Jetzt bin ich erst recht gespannt, was hier los ist. Ich krieche noch ein Stück weiter, als ich leise Stimmen höre. Es sind zweifellos Menschen, und zwar mehrere!

„Also, wie sollen wir jetzt vorgehen?", flüstert eine Stimme.

Eine andere antwortet: „Ihr müsst mit der Taschenlampe die rrrichtige Rrrobbe herausfinden!"

Na, so was! Das ist doch Herr Rumbak! Was macht der denn zu nachtschlafender Zeit hier? Und wen hat er bei sich?

„Die sehen doch alle gleich aus!", flüstert eine dritte Stimme.

„Bis auf dieses spezielle Tier", antwortet Herr Rumbak, „es ist schwarz-weiß gescheckt. Nun macht schon, bevor alle aufwachen!"

Ich höre schlurfende Schritte und ein lautes Scheppern. Ich bekomme einen Riesenschreck und lege sofort den Rückwärtsgang ein. Wir Robben sind von Natur aus vorsichtig und suchen erst mal nach Deckung, bevor wir nachgucken, ob Gefahr droht oder nicht.

„Psch-scht!", zischt Herr Rumbak verzweifelt. „Macht doch keinen solchen Radau, um Himmels Willen! Wollt ihr, dass wir entdeckt werden?"

„Wenn der Eimer einfach so in der Gegend rumsteht", brummt der Mensch, der wohl gerade gestolpert ist.

Ein Lichtstrahl gleitet über meine Freunde. Sie schlafen alle selig und haben nichts bemerkt.

Doch ich bemerke jetzt etwas, und zwar Fischduft. Der weckt augenblicklich meinen Magen. Wenn Herr Rumbak Fische mitgebracht hat, will ich sie haben. Am besten heimlich, denn wer weiß, ob ihm das recht ist. Andererseits, weshalb sollte er sonst hier sein?

„Herr Rumbak, ich entdecke keine Scheckenrobbe!“, flüstert einer der Männer.

„Was soll das heißen? Schau doch im Wasser nach, vielleicht schläft er da!“

„Herr Rumbak, ich kann auch kein Tier sehen, auf das ihre Beschreibung passt. Vielleicht schauen Sie mal selbst.“

Ich weiche den Lichtstrahlen aus und robbe ein Stückchen weiter, immer dem Fischduft nach.

„Das gibt's doch nicht!“ Herrn Rumbaks Stimme klingt verzweifelt. „Dafür brrreche ich hier ein? Die Rrrobbe ist tatsächlich nicht da! Oh, was mache ich jetzt nur?“

Tja, da kann ich ihm auch nicht helfen. Die Menschen sind mir zu kompliziert, da mische ich mich besser nicht ein.

Mhmm, der Fischduft ist jetzt schon ganz nahe. Wenn ich was sehen könnte, wäre es natürlich besser. Selbst für meine ans trübe Wasser angepassten Augen ist es hier zu dunkel.

Ich sollte vorsichtig sein, aber der Geruch ist einfach zu verlockend, fast schon vor meiner Nase. Da muss ich hin!

Noch ein kleines Stück. „Mpfft!“ Wogegen bin

ich denn jetzt gestoßen? Es war etwas Weiches, Zappeliges.

„Huch!", ruft jemand über mir. „Was war das?"

So was Dummes. Ich bin mit einem Menschen zusammengestoßen. Gerade das wollte ich vermeiden.

„Was ist denn jetzt schon wieder?", will Herr Rumbak wissen. Dann liege ich auf einmal im Zentrum des Lichts und kann mich nicht mehr verstecken.

„Na, so etwas!", staunt Herr Rumbak und lacht dann. „Da liegt ja der kleine Schlingel! Ich hätte es mir gleich denken können. Ole ist eben etwas ganz Besonderrres!"

Danke für das Kompliment. Und jetzt? Wo ist der Fisch?

„Seht ihr, er ist frrreiwillig gekommen. Wir haben jede Menge Bestechung dabei, wahrscheinlich hat er das gerrochen!" Er wedelt mit einer Hand vor meiner Nase, und darin hält er tatsächlich einen Fisch! „Schau, derrr ist für dich! Nimm nur!"

Ich weiß nicht so recht. Aus seiner Hand? Das bin ich nicht gewohnt.

„Ach so, das kennst du wohl nicht? Dann pass auf! Hopp!"

Im Lichtschein sehe ich den Fisch silbrig aufblitzen, als er durch die Luft auf mich zuwirbelt. Schnell recke ich den Hals und schnappe zu. Happs, weg ist er!

„Guter Ole! Fein gemacht!“, lobt mich Herr Rumbak.

„Wenn wir das Vieh jetzt haben, sollten wir lieber machen, dass wir wegkommen“, mahnt einer der Männer. „Man darf das Glück nicht zu sehr herausfordern!“

„Ja, der Meinung bin ich auch“, stimmt sein Kumpan zu. Er scheint besorgt zu sein.

Die beiden sind sehr viel größer als Herr Rumbak und auch massiger. Wovor sollten die Angst haben?

„In Ordnung. Macht schnell!“ Herr Rumbak wirft mir noch einen Fisch hin, leider zu kurz. Er landet auf dem Boden. „Wenn du jetzt brav bist, bekommst du nachher so viele Fische, wie du willst!“ verspricht mir Herr Rumbak.

Ich bin doch immer brav. Ich senke den Kopf und nehme den Fisch auf. Genau in diesem Moment stülpt mir einer was über den Kopf, und ich kann gar nichts mehr sehen. He, was soll das?

„Keine Angst, nur ruhig, wir tun dir nichts!“, spricht Herr Rumbak beruhigend auf mich ein.

Ach so, ich werde in eine Decke gewickelt. Das kenne ich ja schon. Deshalb fürchte ich mich nicht und halte schön still. Wahrscheinlich werde ich zur Untersuchung gebracht, oder so.

Sie müssen mich zu zweit hochheben, für einen bin ich inzwischen viel zu schwer geworden.

„Verflixt, hat der ein Gewicht!“, ächzt einer der

Männer. „Wir hätten einen Schubkarren mitnehmen sollen!“

„Rrred kein dummes Zeug, du bist doch krrräftig! Kommt jetzt, folgt mir! Ich schaue, ob die Luft rrrein ist.“

Schwankend tragen sie mich hinaus. Das finde ich jetzt schon ein bisschen komisch, doch ich kann keine Gefahr spüren. Vorsichtshalber halte ich weiter still. Menschen haben ja häufig seltsame Ideen. Wenn ich nur was sehen könnte! Die Geräusche klingen auch alle so dumpf.

Sie tragen mich schon eine ganze Weile, als ich unter großem Ächzen und Stöhnen auf etwas Hartem abgelegt werde. Na, dann werden sie die Decke ja gleich abnehmen und ich …

Moment, was ist denn jetzt los? Das klingt ja wie dieser schreckliche Wackelkasten, der mich hierher gebracht hat! Dieses Autodings.

Hier stimmt eindeutig was nicht! Das will ich jetzt sehen! Ich versuche zu zappeln, kann mich aber nicht bewegen. Ich bin gefesselt! „Quäähh, quähh!“ Das klingt ja jämmerlich unter den Decken. So kann ich weder protestieren noch Hilfe herbeirufen. Das ist eine ganz vertrackte Lage!

„Sei nur ruhig, Ole, es passiert dir wirklich nichts!“, höre ich Herrn Rumbaks Stimme. „Nur eine kurze Fahrt, dann ist alles überstanden, und du kannst in Fisch baden!“

Ich halte still. Was soll ich sonst auch machen?

Ich will auch ins Wasser und Mama lässt mich nicht!

Mit Mama schmusen
ist am schönsten.

Hihi, die Sonne kitzelt mich am Bauch!

Steckbrief

Hundsrobben

Steckbrief

Zur Familie der Hundsrobben gehören **Seehunde, Ringelrobben, Kegelrobben, Sattelrobben** und viele andere Robbenarten mehr. Man erkennt sie an dem kurzen Hals und den fehlenden Ohrmuscheln. Sie haben nur Ohrlöcher, die sie beim Tauchen ebenso verschließen können wie die Nasenlöcher.
An Land sind sie ziemlich unbeholfen. Sie können lediglich robben, da ihre Vorderflossen zu kurz sind, um sich darauf zu stützen. Ihr wahres Element ist das Wasser: Sie sind schnelle Schwimmer und bewegen sich flink und geschickt auf der Jagd nach Fischen. Oft schlafen sie sogar im Wasser.

Futter: Alle Robben ernähren sich von Fisch.

Größe: Die Ringelrobbe ist die Kleinste der Familie (150–180 cm), gefolgt vom Seehund (160–200 cm), der Sattelrobbe (180–220 cm) und der Kegelrobbe (250–300 cm).

Gewicht: Ringelrobben wiegen höchstens 45 kg, Seehunde bis zu 75 kg, Sattelrobben 150–175 kg und Kegelrobben 200–250 kg.

Lebensraum: Die kalten und kühleren Gebiete der nördlichen Halbkugel

Farbe: Die Fellfarbe ist unterschiedlich: **Ringelrobben** haben einen dunklen Rücken mit vielen auffälligen hellen Ringen. Der **Seehund** hingegen ist gelblich grau mit schwarzen oder braunen Flecken auf der Oberseite. Am hellsten sind die **Sattelrobben**: Ihr Pelz ist grau bis gelblich weiß und hat auf dem Rücken einen großen dunkelbraunen bis schwarzen Sattelfleck. Von der gleichen dunklen Farbe ist der Kopf, der sich so schön gegen den hellen Körper abhebt. Die jungen Sattelrobben sind mit ihrem plüschigen, weißen Fell besonders putzig anzuschauen. **Kegelrobben** sind grau bis dunkelgrau mit unregelmäßigen schwarzen Flecken. Man erkennt sie leicht an ihrem kegelförmigen Kopf mit der lang gestreckten Schnauze.

Informationen unter: www.seehundstation-norddeich.de

Hundsrobben

Ole, komm schnell, Siri ist da!

Ob Hans den Schrubber schon sucht?

Wir spielen mit allem, was uns unter die Nase kommt.

Ausnahmsweise ärgert Nööle heute nur Pünktchen.

Ist hier der Ausgang in die Freiheit?

Geschafft! Endlich wieder am Meer!

Trotzdem frage ich mich, wohin die Fahrt geht. Ob Siri das weiß? Werde ich etwa zu ihr gebracht?

Während der Fahrt halte ich freiwillig ganz still. Mir ist ja so schlecht! An das Autofahren hatte ich keine guten Erinnerungen, und es hat sich nichts geändert: Es schaukelt, wackelt, rumpelt und schüttelt mich ordentlich durch. Hoffentlich bleibt der Fisch drin! Mein Magen krampft sich schon zusammen …

Dann ist es, Gott sei Dank, überstanden. Ich bin so benommen, dass ich mich nicht bewege, als ich ausgeladen und wieder getragen werde.

„Gleich ist es so weit, Jungs!" Herr Rumbak scheint sich zu freuen. Möchte nur mal wissen, worüber!

Aha, ich werde abgesetzt. Endlich! Jetzt bin ich ja mal gespannt.

Sie wickeln mich aus den Decken, aber der Kopf bleibt noch verhüllt. Ich werde ein letztes Mal hochgehoben, dann bin ich im Wasser! Gleich darauf sehe ich endlich auch wieder etwas.

Ja, wo bin ich denn hier? Was hat das zu bedeuten? Ich gucke mich staunend um.

„Ich habe extrrra ein Plantschbecken für dich besorrgt, damit du dich wohl fühlst", sagt Herr Rumbak glücklich. Dann kippt er eine Menge Fische in das winzige Becken, in dem ich gerade mal meinen Bauch nass machen kann. „Hierrr, die sind alle für dich – du brrrauchst nicht darum zu kämpfen! Ein tolles Leben warrrtet auf dich!", sagt er und tätschelt meinen Kopf. Dann lässt er mich alleine – „zum Eingewöhnen", wie er sagt. „Du sollst dich nicht zu sehr aufrrregen."

Tja, da sitze ich nun und staune nur noch. Wenigstens ist es nicht ganz dunkel hier, sodass ich mich ein bisschen umgucken kann. Um mich herum sind jede Menge Käfige mit Gittern, und es riecht ganz merkwürdig. Außerdem raschelt es, und ich höre leises Kettengerassel.

„Schu-huuu!"

„Huch!" Erschrocken fahre ich hoch und kippe beinahe mitsamt dem Becken um. Das ist eindeutig zu leicht und zu wackelig für mich!

„Huu-schuu!"

Mit geweiteten Augen schaue ich umher. Was ist das nur? Ein schauerliches Geräusch!

„Huuu!"

Ojemine! Das klingt ja wirklich unheimlich, so was habe ich noch nie gehört! „Hallo?", flüstere ich vorsichtig. „Ist da noch jemand?"

Etwas klickt und knackt über mir. Ich gucke nach oben, da ist eine dunkle Ecke.

Brrr, aber doch nicht ganz dunkel, denn da sind auf einmal zwei orange glühende Lichter. Sie scheinen einfach so in der Luft zu schweben!

„Ich – ich tu dir ganz bestimmt nichts!", sage ich

bibbernd. Ich zittere so sehr, dass das Wasser in meinem Becken beinahe überschwappt.

Dann höre ich ein leises, krächzendes Lachen und sehe die Lichter näher kommen. Nein, es sind gar keine Lichter, sondern Augen! Sie gehören zu einem runden, gefiederten Kopf. In dessen Mitte sitzt ein scharfer Schnabel und gibt diese komischen Klicklaute von sich. Es ist ein Vogel! „Was bist du denn für einer?“, frage ich schüchtern.

„Ich bin eine Eule“, erklärt mir der große Vogel. „Man nennt mich Roswitha. Und wer bist du? Du siehst nicht aus wie ein Fisch, obwohl du im Wasser zu leben scheinst.“

„Ich bin eine junge Robbe!“, antworte ich ihr. Roswitha sieht zwar beängstigend aus und gibt schauerliche Geräusche von sich, doch sie macht einen sehr netten Eindruck. „Genauer gesagt bin ich eine Sattelrobbe und stamme aus dem hohen Norden. Ich heiße Ole!“

„Und wie kommst du hierher, kleiner Ole?“

Ich erzähle Roswitha meine Geschichte. Ich habe sowieso nichts Besseres zu tun, denn die Fische mag ich nicht fressen. Nicht unter diesen Umständen.

„Roswitha, was ist denn nur mit mir geschehen? Wo bin ich hier?“, frage ich die Eule am Schluss.

„Du bist von Rumbak und seinen Gehilfen entführt worden“, antwortet Roswitha. „Das ist allerdings eine ungewöhnliche Geschichte, denn normalerweise rettet uns Rumbak. Viele von uns hier wurden verwaist gefunden oder kamen als Geschenk an."

„Ja, und was machen wir hier alle?"

„Wir treten im Zirkus auf."

„Was bedeutet: im Zirkus auftreten?"

„Nun, wir führen Kunststückchen vor. Rumbak leitet uns an, und wir zeigen, was wir halt so können. Unser Publikum sind Kinder, die viel klatschen. Das macht Spaß."

„Ja, das kenne ich!" Ich wedle aufgeregt mit der Flosse. „So was hab ich in der Station auch gemacht! Das hat den Menschen immer gut gefallen!"

„Quiek! Deswegen redet Rumbak ja auch seit Tagen von nichts anderem mehr. Wenn wir gewusst hätten, was du für ein Angeber bist ..."

„Wer war das?" Ich gucke suchend herum. Da erscheint noch ein Tier im Licht. Es ist ein Vierbeiner mit riesigen Ohren und einem lustigen Ringelschwänzchen.

„Ich war das. Ich bin Wutzine, das Hängebauchschwein, grunz!" Sie hat eine lange, witzige Rüsselnase, die sehr beweglich ist.

„Ein Schwein!", rufe ich. „Sag mal, weißt du, was ein Wildschwein ist?"

„Na klar, das ist ein großer, wild lebender Vetter von mir. Er ist haarig und borstig, und viel größer als du und ich!"

„Was? Nicht zu fassen! Kannst du dir das vorstellen: Als ich klein war, hat ein Mensch mich für ein Wildschwein gehalten!"

Rings um mich geht ein Gelächter und Gepruste los, dass mir die Ohren rauschen. Meine Geschichte scheint gut angekommen zu sein. Vor allem sind jetzt alle wach.

Nacheinander stellen sich mir die übrigen Tiere vor. Es gibt zwei kleine Ponys, die angebunden sind und auf Stroh schlafen, ein Kamel und ein Lama. In den Käfigen sind unterschiedliche Tiere untergebracht: Aus den großen Kästen wuffen Hunde heraus, und in den kleinen sitzen Vögel oder Kaninchen. Das sind längst noch nicht alle, es ist eine bunt gemischte Schar. All diese Tiere hätte ich normalerweise nie kennen gelernt. Ich finde das sehr interessant und will von jedem die Geschichte hören.

„Da habe ich den anderen was zu erzählen, wenn ich wieder zuhause bin!", meine ich später zufrieden. In meinem Kopf schwirrt es nur von Abenteuern, das ist was für langweilige Stunden!

Wutzine schaut mich komisch an. „Wie kommst du darauf?"

„Wieso, habt ihr was dagegen?", frage ich verwundert.

„Das meine ich nicht", entgegnet Wutzine. „Nur wirst du keine Gelegenheit bekommen, deine Geschichte weiterzuerzählen. Hier kommst du nie mehr raus. Du gehörst jetzt zum Zirkus."

„Wie bitte?“, rufe ich. „Da habe ich wohl auch noch ein Wörtchen mitzureden! Und Siri erst recht!“

„Du bist vielleicht dumm!“ Schnuffel, das Kaninchen, trommelt mit den Hinterbeinen auf den Käfigboden. „Der Einzige, der hier was zu sagen hat, ist Rumbak. Wen er mal aufgenommen hat, den gibt er nie mehr her. So ist das. Wie stellst du dir das vor? Denkst du, du spazierst hier einfach raus, gehst zum nächsten Telefon und rufst daheim an?“

„Jawohl!“, antworte ich wütend, obwohl ich keinen blassen Schimmer habe, was ein Telefon sein könnte.

„Wi-hi-hi, dabei hast du nicht mal richtige Beine!“ wiehert Charly, das Pony, und stampft mit dem Huf auf. „Wir könnten Rumbak davonlaufen, aber du doch nicht!“

„Und warum tut ihr es nicht?“, frage ich verständnislos.

„Wo sollen wir denn hingehen?“, entgegnet Charly. „Sie würden uns im Handumdrehen wieder einfangen und am Ende ins Tierheim bringen.“

„Und du, Roswitha?“ Ich schaue die Eule an.

„Ich werde angekettet, damit ich nicht einfach davonfliegen kann. Aber ich würde es ohnehin nicht tun, denn ich habe einen verkrüppelten Fuß und kann nicht richtig jagen. Ich war fast verhungert, als Rumbak mich fand.“ Roswitha schließt die Augen und verdreht den Kopf so sehr, dass mir schwindlig wird.

„Kannst du den ganz rundherum drehen?"
„Wen?"
„Deinen Kopf?"
„Nun, fast. Beeindruckend, nicht wahr? Die Kinder kreischen meist, wenn ich das mache, sie anschließend anstarre und *hu-schu-hu* hauche."
Ich reibe meinen Bart am Beckenrand. „Also, das ist mir zu hoch. Wie haltet ihr das hier aus?"
„Och, es geht uns gar nicht schlecht", antwortet mir Lumpi, der alte graue Hund. „Wir haben immer genug Futter und Rumbak ist nett zu uns. Das Training macht auch Spaß. Ich genieße das sehr, denn früher bin ich oft geschlagen worden, weißt du. Eigentlich bin ich nämlich ein Jagdhund, aber ich war nie besonders gut beim Jagen."
„Mir ist es auch egal, wo mein Käfig steht, Hauptsache, ich werde versorgt", sagt Schnuffel. „Außerdem haben wir viel Abwechslung. Wir hätten es schlechter treffen können."
„Du warst doch selbst die ganze Zeit gefangen", fügt Wutzine hinzu. „In der Station konntest du auch nicht einfach rein und raus, wie du wolltest."
„Ja, das stimmt. Doch ich hatte viel Platz und konnte mich austoben. Und meine Freunde waren da."
„Jetzt sind wir deine Freunde und nicht die schlechtesten, das kannst du uns glauben." Roswitha hebt einen Flügel an. „Rumbak wird dir schon Aufgaben genug geben, damit du nachts gut

schläfst und dich nie langweilst. Deine Auftritte vor den Kindern werden dir gefallen, glaub mir."

„Wir sollten jetzt schlafen", ermahnt uns Georg, das Kamel. „Morgen gibt es wieder eine Menge zu tun, da müssen wir ausgeruht sein. Seid still jetzt!"

Anscheinend hat er das Sagen, denn die anderen schweigen tatsächlich und legen sich schlafen. Roswitha trippelt auf ihrer Stange in die Dunkelheit zurück. Nur ihre Augen leuchten noch orangefarben hervor.

Ich mache es mir so weit wie möglich bequem, doch an Schlaf ist nicht zu denken. Ich bin ins Grübeln gekommen.

So ein Zirkus!

Als die ersten Sonnenstrahlen hereinkriechen, bin ich immer noch wach. Kein Wunder, bei dieser Aufregung! Ich bin das viele Gegrunze, Geschnarche, Gescharre und Gerassel um mich herum nicht gewohnt. So viele verschiedene Tiere auf einmal, und es ist nicht ein einziges dabei, das mir auch nur im Entferntesten ähnelt. Ganz eindeutig gehöre ich nicht hierher. Noch dazu in diesem engen kleinen Becken mit dem flachen Wasser.

Ein paar Tränen habe ich vergossen, als ich an Pünktchen, Nööle und die anderen dachte. Wie gern würde ich jetzt mit ihnen wie ein Pfeil durchs Wasser schießen und um die Wette nach den Frühstücksfischen jagen!

Was sie wohl sagen werden, wenn sie merken, dass ich nicht mehr da bin? Was wird Hans sagen? Und Siri erst? Ob sie mich suchen und finden werden?

Der Fisch in meinem Wasser fängt schon an zu stinken, aber ich werde ihn nicht anrühren. So geht das nicht. Dieser Zirkusdirektor kann mich doch nicht einfach entführen und denken, er kann mit mir machen, was er will! Das werde ich ihm zeigen, und wie ich ihm das zeigen werde!

„Guten Morgen, meine Freunde!" Herr Rumbak kommt gut gelaunt zu uns herein. Im Schlepptau hat er seine beiden Gehilfen von gestern Abend, sie tragen eine Menge Eimer.

Die anderen Tiere begrüßen ihn alle lautstark und aufgeregt. Aha, es ist Frühstückszeit! Keiner kann es erwarten. Na, da haben wir wenigstens eine Gemeinsamkeit. Normalerweise – aber heute werde ich nichts essen.

Das Futter wird verteilt, und Herr Rumbak schaut in mein Plantschbecken. „Ja, was ist das?", ruft er. „Ole, du hast ja gar nichts angerrrührt! War der Fisch nicht mehr frrrisch genug? Schau her, ich habe neuen!" Er wedelt mit meiner Lieblingsnahrung vor meiner Schnauze herum, aber das kann mich nicht reizen. Ich muss mich nicht mal dazu zwingen, nicht nach dem Fisch zu schnappen. Ich habe einfach keinen Appetit.

„Fang auf, Ole! Hopp!"

Der Fisch fällt, und ich zucke nicht mal mit der Wimper. Verschmäht landet er auf dem Boden.

„Was ist los mit dir, Kleiner?" Herr Rumbak klingt jetzt aufrichtig besorgt. „Das ist deine Lieblingssorte, die habe ich doch extrrra ausspioniert! Denkst du, ich will dir was Böses tun? Nein, schau, ich habe alles vorrrausgeplant, damit du es gut hast!"

Ich stecke den Kopf unter den Beckenrand. Deutlicher kann ich ihm nicht zeigen, dass ich nichts mit ihm zu tun haben will. Dabei habe ich ihn zuerst nett gefunden!

Meine Mama hat ganz Recht gehabt, man kann den Menschen nicht trauen! Jetzt glaube ich es endlich auch.

„Ich denke, er muss sich erst eingewöhnen, Herr Rumbak“, sagt einer der Gehilfen. „Er hat eine aufregende Nacht hinter sich, vergessen Sie das nicht. Außerdem wurde er aus seiner gewohnten Umgebung herausgerissen.“

„Ja, das ist wahr.“ Herr Rumbak klatscht in die Hände. „Weißt du was? Dann spielen wir beide jetzt ein bisschen miteinander. Ich zeige dir die Manege und den Rrrest, und anschließend üben wir so lange wie du Lust hast. Danach hast du bestimmt Appetit!“ Er winkt einem Gehilfen. „Du holst den Wagen, auf dem wir ihn in die Manege trrransportieren, und dein Kollege macht inzwischen das Becken sauber.“

Sie hieven mich auf eine flache Platte mit Rädern. Ich lasse es mir gefallen, weil ich sowieso keine andere Wahl habe. Außerdem bin ich eine wohlerzogene Robbe: Solange mir keiner was Schlimmes antut, tu ich auch keinem was.

Sie rollen mich in einen anderen Bereich. Durch einen schmalen Gang geht es in ein helles, luftiges Zelt.

„Hierrr unten ist die Manege“, erklärt mir der Zirkusdirektor, „und ringsum, auf diesen Bänken, sitzen dann die Kinder. Sie werrrden dir viel mehr Applaus spenden als in der Station, Ole. Dir gefällt es hier bestimmt und die Kinder werrrden dich lieben, da bin ich sicher. Schließlich bist du ein Naturtalent, ein wahrhaftiger Clown, und gescheit noch dazu!"

Früher haben mir seine Schmeicheleien gefallen, heute jedoch ... Ich schaue mich naserümpfend um. Na, es ist ganz nett, aber wo ist das Wasser? Ich sehe nur eine Plane, die mit einem Schlauch nass gespritzt wurde. Soll ich etwa dadrauf rumrobben?

„Komm runter, Ole, und schau dich um!" Herr Rumbak schubst mich in die Seite, und ich gebe nach. Der Boden ist sehr weich und uneben, mit der nassen Plane drüber geht es allerdings einigermaßen. Ich sehe mich um. Hier haben jede Menge Menschen Platz, und sie wollen alle nur mir zusehen? Wofür soll das gut sein?

„Was glaubst du, wie viele bei uns das Lachen erst wieder lernen?", fährt der Zirkusdirektor fort, als hätte er meine Gedanken gelesen. „Meine Tiere machen alles freiwillig und mit Spaß, das merkt man natürlich. Oft genug geht noch was schief, da gibt's dann erst rrrecht was zu lachen. Hier soll jeder frrröhlich sein! Und du, Ole, wirrrst dazu beitragen, dass die Kinder Tiere sehen, die sie sonst nicht zu Gesicht bekommen. Es ist wie ein Trrraum, verstehst du?"

„Ich träume aber von was anderem, Herr Rumbak", antworte ich.

„Du rrredest mit mir! Wie schön! Dann bist du mir vielleicht nicht mehr ganz so böse. Sieh mal, was ich hier alles habe!“ Herr Rumbak zeigt mir verschieden große Bälle und Reifen. „Damit können wir schon ordentlich was auf die Beine stellen, nicht wahr? Da hinten stehen auch drei Trrröten, in die du hineinblasen und Musik machen kannst, wenn du Lust hast. Das zeige ich dir später, erst mal der Reihe nach. Fang, Ole!“

Er wirft ein Bällchen. Ziemlich gut, ich müsste mich kaum rühren. Aber ich lasse nicht mal die Nase zittern. Der Ball fällt zu Boden.

Der Zirkusdirektor wirft den Nächsten, der ebenso unbeachtet landet. Der dritte Ball ist so gut gezielt, dass er von selbst auf meiner Schnauzenspitze landen könnte. Also drehe ich den Kopf weg.

„Ach, Ole, das hast du doch mit Absicht gemacht!“, beschwert sich Herr Rumbak.

Wer, ich? Ich weiß nicht, was er meint! Mit großen unschuldigen Augen schaue ich ihn an. „Ich habe doch gar keine Ahnung von solchen Spielen!“

„Du bist zickig, hm? Schließlich hast du die Spiele doch alle selbst erfunden, da kannst du sie nicht einfach wieder verlernt haben! Na schön, probieren wir halt die Rrreifen.“

Er zielt mit Reifen nach mir, die ich weder auffange noch sie mir über den Hals werfen lasse. Herr Rumbak hält irgendwann inne und macht ein enttäuschtes Gesicht. „Reizt dich das denn kein bisschen? Sonst bist du doch so verspielt und lässt dich von jedem Blödsinn anstecken!"

„Pffft", mache ich hochnäsig und gucke weg. Was bildet der sich denn ein, dass ich den Deppen für ihn mache, oder wie? Ich bin doch kein Spielzeug!

„Ah, ich weiß! Du hast ganz Rrrecht, Ole, unter diesen Bedingungen arbeitet es sich schlecht." Herr Rumbak hat auf einmal einen Geistesblitz. Wieso gibt er mir Recht? Ich weiß gar nicht, was er meint. Ich will nur zurück, das ist alles.

Der Zirkusdirektor verschwindet kurz. Gleich darauf höre ich Musik. Dieselbe wie in der Station! Das könnte mich fast ein wenig trösten, aber ich bin noch viel zu beleidigt.

„Das gefällt dir besser, nicht wahr? Und dann habe ich noch was, Ole." Er hält die Hand hoch, mit einem Fisch darin. „Den kriegst du, wenn du den nächsten Ball fängst. Einverstanden? Ich glaube, das ist ein gutes Geschäft."

Bestechen will er mich also! Wie er es mit allen Tieren hier macht. Die meisten scheinen das zu mögen, zumindest haben sie sich nicht beschwert. Mir fällt das jedoch nicht im Traum ein. In der Station hätte ich das bestimmt gemacht, da war das etwas anderes. Hier-mag-ich-nicht!

Herr Rumbak wirft das Bällchen und hält viel sagend den Fisch hoch. Ich gucke den Fisch an, und das Bällchen zischt an mir vorbei.

„Na gut, das war zu viel Ablenkung. Vielleicht ist das nicht schlecht für die Ringe. Halte einfach still! Achtung!“

Kurz bevor der Ring auf mir landet, drehe ich den Kopf seitlich und kicke ihn dann weg.

„Aha, du kannst es also doch!“, ruft Herr Rumbak. „Du strrreikst nur! Unerhört! Du bist noch nicht mal einen Tag hier und glaubst, dir Launen leisten zu können! Das ist ja was!“

Ja, genau, das ist was, und jetzt habe ich es satt. Momentan sehe ich keine Gitter um mich herum, ich bin nicht gefesselt und Herrn Rumbaks Gehilfen sind weit weg. „Weißt du was?“, kläffe ich ihn an. „Ich haue jetzt ab!“

Dann setze ich mich in Bewegung und robbe, so schnell ich kann, auf Herrn Rumbak zu. Ich habe lange genug geübt und bin jetzt so kräftig, dass ich ordentlich loslegen kann.

„He, was hast du vor?“, ruft mein Entführer verdutzt.

Er ist klein und dick und längst nicht so beweglich wie ich. Bevor er noch was sagen kann, bin ich bei ihm und remple ihn einfach zur Seite.

„Ja, was ..., ich ..., Hiiilfe!“, ächzt er auf. Zuerst kämpft er um sein Gleichgewicht, dann fällt er um. Er will gleich wieder aufstehen, rutscht auf der nassen Matte aber aus und liegt ein zweites Mal auf der Nase. Inzwischen robbe ich schon den Gang zurück, auf der verzweifelten Suche nach einem Ausweg.

„Hinz! Kunz! Ihr Tölpel, helft mir, Ole büxt aus!“, ruft der Direktor. „Du frrrecher Lauser, bleib sofort stehen!“

Nix da, ich mache mich dünn. Nur, wo geht es hier raus? Irgendwo muss es doch einen Ausgang geben! O weh, das ist der falsche Weg, hier geht es zurück zu unserem Schlafplatz. Jetzt kommen auch schon die beiden Gehilfen, und ihren grimmigen Gesichtern nach zu urteilen, wollen sie mich unbedingt erwischen. Leicht werde ich es denen nicht machen! „Öck! Öck!“ Ich komme weiter auf sie zu und hoffe, dass ich mit meinem Schwung wenigstens einen von ihnen von den Beinen reißen kann.

Hinter mir kommt jetzt Herr Rumbak. Vor lauter Jammern sträubt sich sein wunderbarer Schnurrbart.

„Warte nur, Kleiner, gleich haben wir dich!“, meint einer der Gehilfen siegessicher. „Hier entkommst du uns nicht!“

Na, das wollen wir doch mal sehen! Ich halte weiter forsch auf sie zu und suche mir eine Lücke zwischen den beiden. Darauf haben sie wohl nur gewartet, denn jetzt greifen beide nach mir.

„Der ist ja ganz glatt, ich rutsche ab!“, beschweren sie sich im Chor.

Haha, das hättet ihr nicht gedacht, was? Ja, mein

Fell ist natürlich feucht, so kann man mich nicht festhalten! Außerdem habe ich einen glatten, torpedoförmigen Körper, wie Siris Onkel zu sagen pflegt. Ihre Finger glitschen von mir ab, und ich gleite einfach zwischen zwei Beinen hindurch. Das geht nicht ohne Rempler ab, und so purzeln die beiden Männer übereinander. Herr Rumbak kann nicht mehr rechtzeitig bremsen und stolpert ebenfalls. Am Ende liegen alle drei Männer übereinander da.

Wenn ich Zeit hätte, würde ich ihnen applaudieren, denn das war eine zirkusreife Leistung! Aber ich will nur hier raus, weg, irgendwohin.

„Sieh da, Ole kommt zurück!", bemerkt Wutzine. „Was ist denn das für eine Aufregung da draußen?"

„Ich bin abgehauen", keuche ich. „Sagt mal, gibt es hier keinen Fluchtweg? Irgendeine kleine Lücke, durch die ich raus kann?"

„Warum willst du denn weg?", wiehert Charly. „Gefällt es dir hier nicht?"

„Ihr seid alle nett, aber ich gehöre nicht hierher, versteht ihr?" Ich gucke mich um und robbe durch den ganzen Stall. „Meine Heimat ist das Meer, nicht der Zirkus! Also, was ist: Helft ihr mir oder nicht?"

„Ich kenne keinen Weg nach draußen", sagt Charly. „Ich auch nicht", grunzt Wutzine. Die anderen stimmen mit ein. „Wenn wir Gassi gehen, nehmen wir den ganz normalen Ausgang!", ruft einer der Hunde.

„Und wo ist der?“, schreie ich verzweifelt. Die Menschen haben mich eingeholt. Diesmal haben sie Decken bei sich. Ich robbe zwischen Charly, seinen Kumpels und dem Kamel hindurch. Das gibt einen Aufstand! Sie wiehern, blöken und stampfen mit den Beinen. Die Ketten rasseln, das Stroh fliegt, und bald sieht man nichts mehr vor lauter aufgewirbeltem Staub.

„Hier muss er irgendwo sein!“, ruft Herr Rumbak. „Los, wir kreisen ihn ein!“

Von allen Seiten kommen sie auf mich zu und mir wird ganz anders. Alle Tiere sind jetzt in Aufruhr, und es herrscht ein Höllenlärm. Das ganze Zelt scheint zu wackeln, so führen sie sich auf.

Herr Rumbak ist in der Mitte. Er ist der Schwächste von den dreien, also probiere ich es bei ihm. Ich schieße plötzlich zwischen Kamel- und Ponybeinen hervor und renne den Zirkusdirektor um! Er stößt ein verzweifeltes „Nicht-schon-wieder!“ aus, fällt hin und verwickelt sich in seiner eigenen Decke.

„Auf ihn!“, schreit einer der Gehilfen, und sie stürzen von zwei Seiten gleichzeitig auf mich zu. Ich gebe Fersengeld wie noch nie und höre, wie sie hinter mir zusammenkrachen. Die beiden schimpfen ganz fürchterlich.

So schnell ich kann, krieche ich den Gang wieder zurück, als ich ein leises Flattern von links höre. Es klingt, als ob der Wind irgendwo durchfährt. Sollte da etwa ein Ausgang sein? Ich folge dem Geräusch und sehe endlich einen Spalt, durch den Sonnenschein hereinfällt. Da hat sich wohl eine Plane gelockert und flattert jetzt im Durchzug. Die Lücke ist nicht groß, doch für eine Robbe wie mich könnte sie gerade passen. Ich höre meine Verfolger schon wieder hinter mir, nehme Anlauf und werfe mich durch das Loch. Hoffentlich bleibe ich nicht stecken! Ich vertraue einfach darauf und lasse mich überraschen, wo ich wohl landen werde. Wenn ich nur nicht vom Regen in die Traufe komme!

Ich rutsche ins Freie und schließe geblendet die Augen, als das Sonnenlicht mich trifft. Frische Luft, wie herrlich!

Da höre ich eine Stimme. „Ole!"

Ich kenne die Stimme. Sie ist mir vertrauter als jede andere Menschenstimme.

Jetzt sehe ich sie auch schon, mit flatternden Haaren kommt sie angelaufen. Ihr Anblick ist der tröstlichste, den ich mir vorstellen kann. „Öck! Siri! Siri, hier bin ich!" Laut rufend robbe ich auf sie zu. Sie stürzt zu mir und legt die Arme um meinen Hals.

„Ole, meine Güte, wie siehst du denn aus?", schluchzt sie. „Voller Stroh und Staub. Ich bin so froh, dich zu sehen! Wir haben schon gedacht, wir hätten dich für immer verloren!"

„Ich bin auch heilfroh, dich zu sehen, Siri", seufze ich. „Wenn du wüsstest, wie ich dich vermisst habe! Und geweint habe ich bestimmt genauso viel wie du!“

„Schon seit sechs Uhr früh suchen wir dich. Wir sind gleich losgestürzt, als Hans bei uns angerufen hat!“, berichtet Siri weiter. „Papa ist gefahren, und Mama und ich haben uns die Augen ausgeguckt. Dann sind auch noch Onkel Ralf und Robert dazugekommen! Zum Glück fiel Hans ein, dass dieser Schnauzbarttyp dich kaufen wollte. Doch wir wussten nicht, wo er seinen Zirkus aufgeschlagen hat, und …“

„Ist doch völlig egal“, brumme ich in ihren Redeschwall hinein, von dem ich sowieso nur die Hälfte verstehe. „Die Hauptsache ist doch, du hast mich gefunden!“

„Na, da ist aber jemand froh, was?“ Siris Eltern sind inzwischen bei uns eingetroffen und machen erleichterte Gesichter.

„Ich hab dir ja gesagt, wir werden ihn finden!“ Robert ist auch da und wirkt kein bisschen griesgrämig.

„Hallo, Robert!“, begrüße ich ihn und recke den Hals zu ihm. Er kommt mit seinem Gesicht näher. Ich tupfe seine winzige Nase mit meiner feuchten, bärtigen Robbenschnauze an und pruste kräftig. Das bringt alle zum Lachen, nur Robert verzieht das Gesicht. „Pfui, hast du einen Mundgeruch!“

Auch der Leiter der Station und Hans sind mit

ihnen zusammen gekommen, aber ihre Gesichter sind ziemlich finster. In dem Moment kommt Herr Rumbak gerade angelaufen, er ist noch voller Stroh, und sein Bart ist völlig verwirrt.

„Ich glaube, Sie sind uns eine Erklärung schuldig, Herr Rumbak", sagt der Obermensch streng.

Sehnsucht nach dem Meer

„Ja, also, äh …“, fängt der Zirkusdirektor stotternd an. „Wissen Sie, ich habe den kleinen Rrracker gefunden und wollte Sie gerrrade anrufen, und, äh …“

„Keine Ausflüchte!“, unterbricht der Chef zornig. „Sie sind gestern Nacht in die Station eingebrochen und haben Ole gestohlen. Geben Sie es schon zu!“

Die Schultern des kleinen Mannes sinken herunter ebenso wie seine letzten Schnurrbarthaare. „Ja, ich gebe es zu“, gesteht er leise. „Ich war einfach so verzweifelt, und der kleine Ole hat es mir so angetan!“

„Sie haben sich eine Menge Ärger eingehandelt, Herr Rumbak“, fährt der Chef fort. „Am besten sprechen wir bei der Polizei weiter.“

Herr Rumbak wird ganz bleich. „Bitte, tun Sie mir das nicht an! Ich werrrde Ihnen den entstandenen Schaden ersetzen, ich werrrde alles tun, nur zeigen Sie mich nicht an!“

„Daran hätten Sie denken sollen, bevor Sie sich strafbar gemacht haben. Sie wissen doch, dass auf Einbruch und Diebstahl Gefängnis steht!“

„Bitte glauben Sie mir, ich habe wirklich nichts Böses tun wollen. Und es geht ja nicht nur um mich." Herr Rumbak deutet hinter sich. „Es geht um meine Tiere. Sie haben doch nur mich, was soll aus ihnen werrrden?"

„Wir werden sie zunächst in Tierheimen unterbringen, bis ..."

„In Tierheimen? Gerade da kommen viele doch her! Jedes von ihnen hat eine Leidensgeschichte zu erzählen, das dürfen Sie mir glauben! Die meisten Tiere habe ich unterwegs gefunden: Die Hunde waren ausgesetzt und die Katzen verwahrlost oder krrrank. Die Ponys, das Kamel, das Schweinchen – sie alle wollte keiner mehr haben!" Herr Rumbak ringt verzweifelt die Hände. „Viele von ihnen wurden schlecht behandelt, und ich habe ihnen einen guten Platz und die Frrreude am Leben zurückgegeben! Dafür zeigen sie jetzt Kunststückchen. Das ist mein Leben, verstehen Sie? Ich will den Tieren ein Zuhause geben und die Kindern fröhlich machen! Der Zirrrkus war schon immer mein Trrraum, und irgendwie muss ich ja das ganze Futter bezahlen. Momentan herrscht leider Ebbe in der Kasse. Ich kann keine grrroßartigen Sensationen bieten, deshalb tue ich mich schwer."

„Deswegen haben Sie Ole gestohlen?"

„Ja, wirrrklich nur aus diesem Grund! Ich weiß, wie dumm das war, und ich habe so etwas das erste Mal gemacht. Das schwöre ich! Hören Sie, ich werde bei Ihnen arbeiten und alles tun, um den Schaden wieder gutzumachen. Bitte – bitte rrruinieren Sie mich nicht und lassen Sie mir meine Tiere! Das könnte ich nicht überstehen!"

Für einen Moment herrscht Stille, und ich schaue von einem zum anderen. Meine Freunde zeigen betretene Gesichter, von Wut ist keine Spur mehr.

Herr Rumbak fährt fort: „Sie haben ja Rrrecht, furchtbar böse auf mich zu sein, doch meinen Tieren geht es gut. Kommen Sie mit und überzeugen Sie sich selbst davon!" Er winkt uns, ihm zu folgen und geht voran.

Ich robbe natürlich auch mit und weiche keinen Schritt mehr von Siris Seite. Beim Hineingehen runzelt der Chef die Stirn über die Unordnung. Herr Rumbak deutet auf mich. „Das ist soeben passiert, Ole hat alles auf den Kopf gestellt. Wissen Sie, wenn er sich nicht eingewöhnt hätte, hätte ich ihn in zwei Tagen ohnehin zurrrückgebracht."

Wir gehen in den Stall, und Siri schüttelt den Kopf. „Menschenskind, Ole, was für ein Chaos! Das sieht dir ähnlich."

„Wieso immer mir?" Dann lache ich. „Hat aber Spaß gemacht!"

Der Obermensch nickt. „Ja, das Durcheinander sieht wirklich ganz nach Ole aus. Man erkennt, dass es gerade erst passiert ist." Er geht zu jedem einzelnen Tier, begutachtet und streichelt es.

„Benehmt euch anständig!", rufe ich ihnen zu. „Jetzt geht's um den Fisch!"

„Du meinst, die Wurst!", verbessert mich Lumpi.

„Quatsch, das Heu!", wirft Georg, das Kamel, ein.

„Ist doch egal!", ruft Roswitha. „Wir werden Rumbak nicht im Stich lassen, nicht wahr, Freunde?"

„Niemals!", brüllen alle.

Meine Menschen halten sich die Ohren zu. „Na, hier geht's ja ganz schön zu", stellt Hans fest und kratzt sich am Kopf.

„Ja", sagt Herr Rumbak gerührt. „sie halten zu mir, hören Sie das? Schauen Sie, wie die Hunde mit dem Schwanz wedeln! Lassen Sie sie rrruhig heraus! Ich sperre sie nur nachts in den Zwinger, damit ihnen nichts passiert und Rrruhe herrscht."

„Nun, ich kann bestätigen, dass die Tiere in ausgezeichnetem Zustand sind", gibt der Chef schließlich zu. „Aber eine Robbe im Plantschbecken, das wäre nun wirklich Tierquälerei, Herr Rumbak."

„Ich weiß", gibt der Zirkusdirektor zerknirscht zu. „Das war nur eine Notlösung, ich hätte mir auch noch was einfallen lassen. Es war überhaupt eine totale Schnapsidee und die ganze Sache tut mir furchtbar Leid."

Herr Rumbak sieht so klein und traurig aus, ich kann es nicht länger mit ansehen. Er ist wirklich kein schlechter Mensch, auch wenn ich vorher böse auf ihn war. Jetzt ist ja wieder alles gut, und normalerweise sind wir Tiere nicht nachtragend. Deshalb robbe ich zu ihm und stupse ihn mit der Nase an. „He, schon gut, Kumpel! Ich verzeihe dir."

Der Stupfer war wohl etwas zu heftig. Herr Rumbak verliert nämlich schon wieder das Gleichgewicht und landet kopfüber in meinem Plantschbecken. Zum Glück sind die stinkigen Fische schon draußen.

Prustend und Wasser spuckend setzt Herr Rumbak sich auf und glättet seinen Schnurrbart. „Danke, Ole, diese Rache hatte ich wirklich verdient!"

„Öck! Öck!" Als er in den Eimer neben sich greift, komme ich zu ihm und diesmal nehme ich den Fisch. Kein Wunder, ich habe noch nicht gefrühstückt und diese ganzen Aufregung zehrt an meinen Kräften!

Während Siri und Robert Herrn Rumbak lachend aus dem Becken helfen, flüstern Hans und der Obermensch miteinander.

„Also, Herr Rumbak", fängt der Chef dann langsam an, „wir haben uns gerade unterhalten. Da Ole Ihnen offensichtlich verziehen hat, wollen auch wir keine Staatsaffäre aus dem Vorfall machen. Anscheinend sind Sie ein guter Mensch und ein Tierliebhaber noch dazu. Das gibt es selten genug. Jeder macht mal einen Fehler, und da Sie Ihren eingesehen haben, verdienen Sie eine zweite Chance."

„Ja, wirklich?" Herr Rumbak versucht, das Wasser aus seiner triefenden Kleidung zu pressen. „Das würden Sie wirklich tun?"

„Ja. Ole geht es gut und weiter ist ja nichts passiert. Wir mussten an diesem Sonntag lediglich viel zu früh aus den Federn. Kommen Sie morgen bei mir im Büro vorbei, dann denken wir gemeinsam darüber nach, was wir für Sie tun können."

„Für mich tun?"

„Genau, es wäre doch schade um diesen kleinen Zirkus und seine Idee. Wir sollten vielleicht zusammenarbeiten: gegenseitig ein wenig Werbung machen, Freikarten verteilen und so weiter. Mit ein wenig Glück können Sie so Ihr Futter bezahlen und Ihre Tiere behalten. Was sagen Sie dazu?"

„Da … das wäre einfach grrroßartig", stottert Herr Rumbak, ergreift die Hand des Chefs und schüttelt sie heftig. „Denken Sie wirklich, das ließe sich machen?"

„Ich denke schon, das kommt uns doch allen zugute." Der Chef befreit seine Hand, die nun ebenfalls tropfnass ist.

„Ich bin Ihnen ja so dankbar! Ich weiß gar nicht, was ich …"

„Lassen Sie nur. Wir sprechen morgen über alles. Jetzt bringen wir Ole erst mal nach Hause."

„Jippi!", ich kann es kaum mehr erwarten!

Meine Freunde sind schon in heller Aufregung, als ich endlich bei ihnen eintreffe. Bevor ich ihnen alles erzählen kann, muss ich mich erst eine Weile im Wasser austoben. Das tut ja so gut! Dann kommt Hans mit der Fütterung, und danach habe ich endlich Zeit und Muße, von meinem großen Abenteuer zu berichten. Ich weiß nicht, ob die anderen mir alles glauben. Jetzt, wo ich es erzähle, kommt es mir selbst fast zu fantastisch vor. Doch sie hängen gebannt an meinem Maul und unterbrechen mich kein einziges Mal.

Obwohl ich glücklich bin, wieder daheim zu sein, liege ich nachts dann doch wach. Mir geht immer noch im Kopf herum, was Wutzine zu mir gesagt hat: Ich bin auch ein Gefangener! Weil ich schon so lange hier in der Station bin, ist mir das nur nicht mehr aufgefallen. Nachdem sie mich daran erinnert hat, kann ich es nicht mehr vergessen.

Hinzu kommt, dass ich kurzzeitig frei war, einfach draußen, ohne Mauern um mich herum. Sicher, es war kein Wasser da, aber trotzdem. Es hat alles ganz anders gerochen. Außerdem wird es langsam Herbst. Das verstärkt die Sehnsucht in mir, mich auf den Weg in meine wahre Heimat zu machen. Dorthin, woher Mama gekommen ist.

„Was ist los mit dir, Ole?“ Nööle rückt nahe zu mir und legt ihre Schnauze auf meinen Hals. „Kannst du nicht schlafen?“

„Nein. Es ist irgendwas mit mir passiert, dort draußen. Nööle, kannst du dich noch an deine Mama erinnern?“

„Kaum. Ich war noch ganz klein, als sie mich fanden. Aber warum fragst du?“

„Du bist doch eine Ringelrobbe und kommst von weit her. Möchtest du nicht dorthin zurück?“

„Wo du es sagst, eigentlich schon. Jetzt wäre die richtige Zeit, um die Wanderung zu beginnen, nicht wahr? Es ist so ein Gefühl, tief in mir drin …“

„Wir gehören nicht hierher, Nööle. Du nicht, ich nicht und Pünktchen auch nicht. Keiner von uns. Ich weiß es, seit ich draußen war. Es war nur ein kurzer Moment, doch jetzt erinnere ich mich wieder.“ Ich rutsche zu Pünktchen und wecke ihn mit einigen unsanften Knüffen und Püffen. „Pünktchen, erinnerst du dich noch an das Meer?“

Normalerweise kann er es nicht leiden, wenn er geweckt wird. Aber meine Frage lässt seinen Mund offen stehen. Dann werden seine Augen feucht. „Ja“, sagt er leise. „Es ist so weit, nicht wahr?“

„Ich glaube schon.“

Nacheinander wecken wir alle und unterhalten uns die ganze Nacht über das Meer. Wir rufen uns gegenseitig in Erinnerung, wie es war.

Als Hans am nächsten Morgen mit dem Frühstück kommt, sind wir immer noch beschäftigt. Er ruft nach uns, doch wir achten nicht auf ihn. Erst als er den Fisch ins Wasser wirft, tauchen wir danach. Schließlich brauchen wir eine dicke Speckschicht für den Winter. Um Hans kümmern wir uns gar nicht.

So geht es weiter. Eine große Veränderung ist eingetreten. Wir haben keine Lust mehr zu spielen, sondern rasen nur noch wie verrückt durch das Wasser, rein, raus. Eine große Unruhe hat uns alle befallen, und daran bin ich schuld, denn ich habe sie aufgewiegelt. Wutzine hatte Recht: Wir sind Gefangene. Siris Onkel Ralf hat selbst gesagt, dass wir ins Meer gehören, und da wollen wir jetzt hin.

Ich weiß noch nicht, wie wir es anstellen sollen. Aber diese unsichtbaren Mauern werden uns nicht mehr lange halten, da bin ich sicher.

„Ole, was ist denn nur los mit dir?" Siri schreit mich regelrecht an. Sie ist, glaube ich, schon eine Weile da, und ich habe sie nicht einmal bemerkt.

Ich pruste kurz zu ihr hinauf. Es freut mich, wenn sie da ist, aber ich habe keine Lust auf ein Spiel. Ich bin einfach zu unruhig, nachts schlafe ich schlecht und habe komische Träume. Im Schlaf glaube ich, das Meer zu riechen. Ich höre die Wellen und das Knirschen des Sandes unter mir, wenn ich im Traum den Strand entlangrobbe.

„Hat der 'nen Knall, oder was?" Robert ist heute auch mit dabei.

„Das geht schon seit Tagen so!", ruft Siri traurig. „Er scheint mich überhaupt nicht mehr zu kennen. Was soll ich nur machen, Robert?"

„Weiß ich doch nicht", gibt Robert sich abweisend. „Heul mir ja nicht das Hemd voll, sonst bin ich für die anderen endgültig das Weichei!"

„Geh doch zu deinem blöden Fußball, wenn du nur gemein sein kannst!"

„Na, was ist denn hier los?" Hans ist hinzugekommen.

„Ach, Ole ist so komisch", erklärt Siri und deutet zu mir hinunter.

„Ja, es ist bald so weit, Siri", sagt Hans. „Nächste Woche haben wir Oktober, und dann ist es höchste Zeit, ihn freizulassen. Sein Verhalten ist ganz natürlich, und du solltest froh darüber sein, denn er wird sich zurechtfinden. Er will es selbst so."

Siri fängt an zu weinen, und Hans streichelt ihr tröstend übers Haar. „Ja, das ist schwer, aber Ole hat sich entschieden und darüber solltest du dich freuen. Du hast das Beste für ihn getan und nächstes Jahr wird es wieder andere kleine Heuler geben."

„Ach, das halt ich ja nicht aus", meint Robert. „Siri, du hast es doch die ganze Zeit gewusst. Jetzt hör schon auf zu heulen!"

„Du magst Ole nicht!", wirft sie ihm vor.

„Woher willst du das denn wissen? Ich bin doch hier, oder? Stell dich nicht so an, sonst komme ich nie mehr mit!"

Ich habe genug zugehört. Keine Ahnung, was Siri hat, aber ich kann ihr nicht dabei helfen. Ich bin ja selber ganz durcheinander und weiß nichts mit mir anzufangen.

„Es wird immer unerträglicher!" Nööle taucht

neben mir auf. „Ole, wir müssen was unternehmen!"

„Ja, ich weiß."

Immer mehr Köpfe tauchen neben mir auf. „Aber was?"

Sie denken wohl, ich wüsste eine Lösung, na toll. „Wieso schaut ihr mich alle an?"

„Weil du dich am besten auskennst und der Klügste von uns bist!", sagt Pünktchen. „Zumindest behauptest du das immer. Dann zeig mal, was du kannst."

„Wir können nur eins machen", fange ich zögernd an.

„Ja? Und was? Nun spuck's schon aus!", fordert Pünktchen mich auf.

„Abhauen", verkünde ich.

Unsere Flucht

Von jetzt an kontrolliere ich ständig unser Gehege. Ich robbe in alle Ecken und prüfe mit der Schnauze, ob eine Tür oder eine Wand nachgibt. Im Zirkus hat es geklappt, und ich bin zuversichtlich, dass es auch hier einen Weg gibt.

Die Besucher werden weniger. Nur Siri und Herr Rumbak halten uns die Treue, sie sind nach wie vor jeden Tag da. Sie bleiben selten lange, denn wir bieten ihnen nichts mehr. Ich habe einfach keine Zeit mehr für Spielereien. Und auch keine Lust. Das Einzige, womit man meine Aufmerksamkeit erregen kann, ist Fisch. Den verschlinge ich bergeweise, ich kann gar nicht genug kriegen!

Am Abend kommt ein anderer Pfleger zur Fütterung. Das ist schon öfter vorgekommen, denn Hans kann die ganze Arbeit unmöglich alleine machen.

Ich unterbreche das Fressen, als der Pfleger geht. Heimlich folge ich ihm, um zu sehen, welchen Weg er nimmt und wie er hier rauskommt.

Er verschwindet durch eine Tür, die hinter ihm zufällt. Hmm, schade, keine Plane. Das wäre viel einfacher gewesen, da hätten wir uns einfach durchquetschen können.

Ich warte, bis ich nichts mehr höre. Dann hopple ich zu der Tür und stupse mit der Nase dagegen.

Sie gibt nach! Vor Aufregung halte ich den Atem an und bin erst mal ganz still. Die Tür ist sehr schwer, ich kann sie nur ein kleines bisschen aufdrücken, dann fällt sie wieder zurück. Allein kann ich das unmöglich schaffen. Aber es hat ganz eindeutig klick gemacht, und sie hat nachgegeben. Ich bin sicher, mit vereinten Kräften könnten wir sie so weit öffnen, dass wir durchpassen!

„Ole, wo bist du denn?“ Nööle ruft nach mir.

„Hier!“, antworte ich. „Kommt mal alle her! Ich glaube, ich habe gerade unseren Fluchtweg entdeckt!“

Da sind natürlich alle sofort auf den Flossen und kommen angewalzt.

„Du hast was?“, stößt Pünktchen ungläubig hervor. „Red keinen Blödsinn!“

„Das ist kein Blödsinn, sieh doch!“

In der erwartungsvollen Stille stoße ich wieder mit der Schnauze gegen die Tür. Jeder kann sehen, dass sie sich bewegt und leise klickt.

Aufgeregt bellen alle durcheinander.

„Sie bleibt ja nicht offen!“, bemerkt Pünktchen.

„Nein, sie fällt von selbst wieder zu, und sie ist auch sehr schwer. Wenn sich immer mehrere von uns gleichzeitig durchschieben, könnten wir es trotzdem schaffen“, antworte ich. „Also, was ist? Wollen wir?“

Meine Kumpels schauen sich an. Einige von ihnen zögern, das merke ich schon. Sie haben sich an das faule und bequeme Leben gewöhnt. Die meisten sind jedoch schon Feuer und Flamme. Die Übrigen geben nach, als ich ihnen farbenfroh ausmale: „Denkt nach, Freunde! Dann gibt es keine Grenzen mehr für uns, das ganze Meer ist unser Zuhause! Wir können schwimmen, wohin wir wollen, und überall gibt es Fisch! Wir haben alle so gut geübt, dass jeder von uns bestimmt ein besserer Jäger ist als die anderen zusammen. Vielleicht finden wir auch unsere Familien wieder! Keine Regeln, keine bestimmten Fütterungszeiten, keine Vorschriften mehr! Wir entscheiden selbst, was wir tun und lassen und wohin wir schwimmen! Wir werden ständig Neues entdecken!"

„Also, ich gehe mit!", ruft Nööle begeistert. „Auf keinen Fall bleibe ich mehr hier, nicht einen Tag! Ich gehe mit Ole!"

„Ich auch!", bekräftigt Pünktchen. „Ich will kein Gefangener mehr sein!"

Das steckt alle an, und sie drängeln zur Tür.

„Langsam, langsam, wir können nicht alle gleichzeitig!", bremse ich sie. „Immer nur grüppchenweise, das hab ich euch doch gesagt! So geht das nicht!"

Das ist wieder mal typisch. Zuerst kriegen sie die Flossen nicht hoch, und dann kann es nicht schnell genug gehen!

„Ole, du bist ja so schlau!“, flüstert Nööle. „Ohne dich würden wir das nie schaffen!“

„Die Menschen glauben auch, wir schaffen das nicht“, grinse ich. „Wahrscheinlich sind sie deshalb so nachlässig. Sie können sich einfach nicht vorstellen, dass wir es eben doch können.“

Mehr als zwei passen nicht durch den Türrahmen; mit ein bisschen Drücken und Quetschen geht es gerade noch zu zweit. Die Menschen haben das nicht dumm gemacht. Einer allein würde die Tür trotz seiner Robbenkräfte nicht öffnen können. Aber Robben machen vieles gemeinsam, das haben die Menschen nicht bedacht! Dies hier schaffen wir doch mit links! Denke ich mir zumindest so. Wie so oft kommt es wieder anders.

Allmählich geht die Tür auf, und noch bevor die Ersten durch sind, schubsen und drängeln die anderen schon nach. Es gibt ein fürchterliches Kuddelmuddel, weil einfach keiner zurückstehen will. Jeder hat Angst, der Letzte zu sein und dann vor der geschlossenen Tür zu hocken.

Ich bin natürlich vorne dran, schließlich war das meine Idee. Anscheinend will Pünktchen über mich rüber. Nööle neben mir beschwert sich wütend und schnappt nach einem Artgenossen.

Irgendwann sitzen wir alle miteinander fest und es gibt kein Vor und kein Zurück mehr. Wir haben uns hoffnungslos verkeilt.

„Bravo“, lobe ich meine Freunde, unter denen

ich halb begraben bin. „Das habt ihr prima hingekriegt! Und was machen wir jetzt? Wenn ihr denkt, ihr könnt die ganze Nacht auf mir drauf liegen, habt ihr euch geschnitten."

„Aber wir sind genauso eingequetscht", klagt Pünktchen über mir. „Ächz, mir drückt es den Speck ab! Ich habe zu viel gegessen!"

So geht es uns allen, so ein Mist! Ich hatte überhaupt nicht daran gedacht, dass wir inzwischen erheblich größer und dicker geworden sind.

Wenn sich das Knäuel nicht bald auflöst, bin ich platt wie eine Flunder. Außerdem werden die Menschen uns entdecken! Irgendwo rumort noch ein Wärter herum, ich kann es hören. Wahrscheinlich in der Babystation, dort sind noch ein paar Nachzügler und Verletzte, die besondere Pflege brauchen.

Ich schiebe und drücke, quetsche und drängle. Zum Glück ist mein Fell schön feucht, da geht es leichter. Ich merke schon, dass ich ein Stückchen nach vorne gerutscht bin. Es ist sehr mühsam, aber ich gebe nicht auf. Ächzend und stöhnend kämpfe ich mich weiter. Ich glaube, so ähnlich war es auch, als ich aus Mamas Bauch gekommen bin. Damals war ich winzig und schwach und bin trotzdem auf die Welt gekommen. Wäre doch gelacht, wenn ich es jetzt nicht schaffe mich zu befreien!

Wenn ich erst mal den Rücken – hinten wird es ja flacher, dünner – noch ein bisschen – ja!

Flutsch, da katapultiert es mich regelrecht aus dem Haufen, und hinter mir kracht der Robbenberg in sich zusammen. Ich robbe schnell weiter, denn jetzt, nachdem wir durch die enge Stelle hindurch sind, werden gleich wieder alle auf einmal losrennen! Wimmelnd und wuselnd kommen sie hinter mir her. Wenigstens muss ich sie nicht ermahnen, still zu sein. Jeder weiß, dass es jetzt um alles geht, Geschrei würde nur alles kaputt machen.

„Hier lang!“, flüstert Pünktchen und biegt in einen Gang ab. „Da geht es nach draußen, ich hab's gesehen, als ich mal zur Untersuchung musste! Von da kann es nicht mehr weit zum Meer sein, ich konnte es damals riechen!“

Wir folgen alle meinem Freund und hoffen, sein Gedächtnis lässt ihn nicht im Stich.

Als aus einem Seitengang Licht fällt, bleiben wir kurz stehen. Wir hören leises Gequäke, hier sind wohl die Kleinen! Ein Mensch redet beruhigend auf sie ein und ist sehr beschäftigt. Gott sei Dank, so achtet er nicht auf den Gang und sieht uns alle nicht. Wenn der wüsste! Er würde seinen Augen nicht trauen.

Fast finde ich es schade, dieses Gesicht nicht sehen zu können. Aber wir wollen natürlich nicht entdeckt werden! So weit geht der Spaß dann doch nicht!

Pünktchen führt uns weiter, immer geradeaus.

„Das letzte Mal war die Tür auch offen, hoffentlich haben wir Glück! Sie liefen dauernd rein und raus, und wenn das jetzt auch so ist …“

„Hoffen wir nur, dass sie jetzt nicht dauernd rein und rauslaufen, sonst sind wir geliefert“, flüstere ich.

„Da, seht ihr?“

„Ich sehe nur Bänder.“

„Aber dahinter ist es hell, merkst du das nicht?“

Ich weiß nicht so recht, doch Pünktchen ist nicht mehr zu bremsen. Er schlüpft einfach durch die Bänder und ist verschwunden. Das ist das Signal für uns! Diesmal bin ich schneller als die anderen und ruckzuck durch. Es bleibt keiner stecken und so schlüpfen wir alle nacheinander ins Freie. Die Sonne geht gerade leuchtend rot unter und der Wind treibt eine salzige Brise vom Meer herüber.

Nach ein paar Körperlängen beginnt der Strand.

„Ja!“ Jetzt gibt es überhaupt kein Halten mehr. Außer Rand und Band und, so schnell wir können, robben wir von der Station weg. Das kleine Mäuerchen ist kein Hindernis mehr für uns, da kriechen wir einfach drüber.

Nun ist es wahr. Beim Robben höre ich den Sand unter meinem Bauch knirschen, und es geht ganz leicht voran. Als ich zwischen zwei Dünen hindurchgerobbt bin, ist die Station schon außer Sicht. Vor mir sind nur noch Dünen, und ganz am Ende ein dünnes glitzerndes Band.

„Öck! Öck!", rufe ich vor Freude. Mein Herz klopft wie verrückt beim Anblick des Meeres! Wie habe ich das vermisst! Ich bin frei!

„Ein Glück, dass wir uns immer viel bewegt haben!" Nööle kommt an meine Seite. „Sonst wäre das ganz schön anstrengend! Hoffentlich nimmt der Sand bald ein Ende, ich will endlich ins Wasser!"

„Es kommt immer näher, siehst du? Das Band wird immer breiter, und der Duft immer intensiver", tröste ich sie. „Gleich haben wir es geschafft! Niemand kann uns jetzt noch aufhalten."

Endlich haben wir die letzten Dünen hinter uns, und Strand und Meer breiten sich vor uns in der Abenddämmerung aus. Kein Mensch ist weit und breit zu sehen. Es weht ein kühler Wind, aber der macht uns natürlich nichts aus.

Dann kommt die größte Überraschung für uns: Überall am Strand und im Watt sehen wir Robben!

Die Erste hebt den Kopf, als unsere ganze Truppe angestürmt kommt. Sie stößt einen Warnruf aus, und das macht alle anderen aufmerksam.

„Öck! Öck!", brüllen wir alle im Chor. „Wir sind frei! Wir sind zurück!"

Ein regelrechtes Wettrennen entsteht. Werden wir hier Freunde wieder sehen? Unsere Mütter? Es ist so viel Zeit vergangen, und wir sind schon fast erwachsen. Trotzdem erinnern wir uns noch – ob sie uns auch noch kennen?

Eine von den Strandrobben kommt auf uns zu, es ist ein Seehundmännchen, und es baut sich vor uns auf. „Wer seid ihr denn?“

„Wir sind die Kinder“, antworte ich keuchend, „die Sommerkinder. Wir waren bei euch, bevor der Sturm kam. Jetzt sind wir ausgebrochen und kehren zurück.“

„Hallo, kennt mich denn niemand?“, ruft Pünktchen. „Ist meine Mama hier? Ich bin es, Pünktchen!“

Er stürmt an dem Oberhaupt vorbei mitten in eine Gruppe. Ein gemeinsames Beschnüffeln und Betasten geht los, und dann höre ich Pünktchens Jubelschrei. „Mama! Ich wusste es!“

Die anderen verteilen sich alle, und viele von ihnen finden frühere Freunde.

„Du siehst, wir gehören hierher“, sage ich zu dem Leittier.

„Kein Problem“, entgegnet er. „Herzlich willkommen.“

Am Strand ist die Hölle los, alle schreien durcheinander. Wer im Wasser gewesen ist, kommt jetzt heraus, um zu sehen, was es Aufregendes gibt. Der größte Tumult ist um Pünktchen, und dort robbe ich hin, denn seine Freunde sind auch meine. Sie erkennen mich sofort wieder, und es gibt ein großes Hallo. Natürlich wollen alle sofort wissen, wie es uns ergangen ist, aber ich überlasse diesmal Pünktchen das Erzählen.

Nachdem ich alle begrüßt habe, krieche ich weiter zum Meer. Momentan herrscht noch Ebbe, das Watt breitet sich mit kleinen Pfützen und Teichen feucht vor mir aus. Ich robbe zu einer Pfütze und tauche die Schnauze hinein. Ja, das ist der Duft, den ich gewohnt bin. Dieses Wasser kenne ich. Eine Weile liege ich ganz still da und schaue dem Sonnenuntergang zu. Der Wind streicht über mich hinweg, und ich spüre den feuchten Sand unter mir. Ich schnaufe tief und seufzend, so glücklich bin ich.

„Nun, mein Sohn", erklingt eine Stimme neben mir. „Da bist du ja."

Vor Schreck zucke ich zusammen. Ich bin so vertieft in den Anblick der anderen gewesen, dass ich niemanden kommen gehört habe. Neben mir liegt eine große, gescheckte Robbe mit schwarzem und silbrig glänzendem Fell. Sie ist wunderschön, genauso wie ich sie in Erinnerung gehabt habe.

„Mama", flüstere ich. „Du lebst noch!"

„Und du Kleiner. Das hätte ich nie für möglich gehalten."

Wir drücken die Schnauzen aneinander und schließen die Augen. Nun ist mein Glück vollkommen.

„Na, das ist ja ein tolles Abenteuer", sagt Mama am Ende meines langen Berichtes. Inzwischen ist es fast dunkel. „Aus dir ist ein ganz prächtiger Bursche geworden."

„Am meisten freue ich mich, dass ich dich wieder gefunden habe“, meine ich.

„Ja, und gerade noch rechtzeitig, Ole. Wir haben uns alle hier versammelt, um auf die große Reise zu gehen. Morgen wollen wir aufbrechen. Danach wären wir nicht mehr da gewesen. Ihr hättet höchstens noch die Nachzügler angetroffen, aber niemanden, den ihr kennt.“

„Hab ich ein Glück gehabt! Irgendwie muss ich das gespürt haben, Mama. Wohin willst du schwimmen?“

„Ich kehre in die Arktis zurück, wo ich hingehöre. Und wo willst du hin, Kleiner?“

„Ich weiß noch nicht. Ich schwimme sicher ein Stück mit, vielleicht sogar bis zur Arktis. Doch das Meer ist groß, und ich möchte es ein bisschen erkunden.“

„Du kannst dir Zeit lassen. Noch bist du nicht erwachsen und reif für eine eigene Familie, deinen Harem. Schau dir ruhig alles an! Du hast eine Menge aufzuholen.“ Mama zwinkert und schaut zum Meer. „Da draußen warten viele Wunder und weitere Abenteuer, Kleiner.“

„Ich hab erst mal genug von Abenteuern, Mama, das darfst du mir glauben!“

„Ole, du bist dafür geschaffen. Dir wird immer etwas Ungewöhnliches zustoßen, da bin ich ganz sicher.“

„Machst du dich lustig über mich, Mama?“

„Keineswegs.“ Mama lacht trotzdem. „Ich meine nur, warum sollte sich das plötzlich ändern?“ Sie prustet kichernd. „Wildschwein! Wildschwein! Einfach köstlich.“

Ich lache ebenfalls. Als ich mich umsehe, entdecke ich eine Jungrobbe, die ganz allein liegt. Der Lärm am Strand hat sich kaum beruhigt, meine Kumpels erzählen immer noch.

„Einen Moment mal, Mama.“

„Ja, Sohn?“

Kurz habe ich ein komisches Gefühl, weil Mama mir nichts mehr verbietet. Für ein paar Augenblicke bin ich wieder ihr Kind gewesen, genauso wie früher. Doch heute bin ich selbstständig, und zwischen uns ist ein freundschaftliches Band, kein mütterliches mehr. Jetzt kann ich tun und lassen, was ich will, und muss niemanden um Erlaubnis fragen.

Ich krieche zu der einsamen Robbe, die aufs Meer hinausschaut.

„Nööle“, sage ich. „Was ist los mit dir? Warum bist du allein?“

Sie dreht den Kopf zu mir. „Ole.“ Ihre Augen sind groß und feucht. „Es ist sehr schön hier, und ich danke dir, dass du uns in die Freiheit gebracht hast.“

„Warum bist du dann so traurig?“

„Ich bin nicht traurig. Nicht wirklich. Es ist

nur ..." Sie deutet mit der Schnauze nach hinten. „Ihr habt alle eure Freunde und eure Familie gefunden. Aber ich bin nicht hier geboren, ich komme aus einer anderen Gegend. Es ist niemand hier, den ich kenne."

„Blödsinn", schnaube ich. „Natürlich kennst du jemanden!"

„So? Wen denn?"

„Na, mich! Genügt das nicht?"

Ihre Barthaare zittern, und auf einmal sieht sie wieder wie die alte, kecke Nööle aus. „Ja, da hast du eigentlich Recht. Obwohl ich nicht sicher bin, ob das ein Trost ist."

„He!" Ich stoße sie leicht in die Seite.

„Mama hat gesagt, morgen brechen sie alle auf", fahre ich nach einer Weile fort. „Was wirst du dann tun?"

„Auch schwimmen, was sonst? Denkst du, ich bleibe hier allein zurück? Und du?"

„Na, ich gehe sicher auch mit. Mama will in den Norden, das ist eine gute Idee."

„Natürlich. Da kommst du schließlich her."

„So wie du."

Wir schweigen eine Weile. Schließlich gebe ich mir einen Ruck. „Nööle, kommst du mit mir? Wir könnten doch zusammenbleiben, bis wir unsere Heimat erreicht haben und jeder seine Artgenossen findet. Ich meine, vielleicht haben wir unterwegs auch mal Lust auf einen Abstecher oder so.

Ich muss ja nicht unbedingt dorthin, wo Mama hingeht. Wir sind keine Kinder mehr, und wir haben noch keine Verpflichtungen. Da wäre es doch keine schlechte Idee, wenn wir uns zusammentun."

Nööle schaut mich mit dunklen Augen an. „Da hast du Recht, Ole. Das ist sicher das Beste, dann ist keiner allein."

„Ja, wir haben schon so viel gemeinsam erlebt, warum sollten wir uns jetzt trennen? Das wäre doch dumm. Schließlich kennen wir uns gut und ... also, ich vertraue dir. Das ist sehr wichtig bei so einer Reise", erkläre ich, als wenn ich darüber schon genau Bescheid wüsste.

Nööle schmiegt sich an mich und legt ihre Hinterflossen über meine. „Ich hab dich gern, Ole. Obwohl du so ein Wichtigtuer bist."

„Ich hab dich auch gern, Nööle, obwohl du eine fürchterliche Nervensäge bist." Ich reibe meinen Kopf an ihrem. „Du würdest mir schrecklich fehlen."

„So geht es mir auch."

„He!" Pünktchens durchdringendes Organ reißt uns aus der Vertrautheit. Aufgeregt kommt er angerobbt. „Hört mal, mir ist eine geniale Idee gekommen! Was haltet ihr davon, wenn wir eine Weile zusammen reisen? Nur wir drei? Ohne Verpflichtung natürlich, nur solange wir eben Lust haben. Jetzt sind wir ja frei!"

Nööle und ich schauen uns an und prusten los. „Na klar, Pünktchen", sage ich dann. „Logisch schwimmen wir drei zusammen. Schließlich sind wir Freunde, oder nicht?"

Auf Wiedersehen, Siri!

In der Nacht schlafen wir drei dicht aneinander gedrängt. Ein wenig komisch ist uns schon ohne schützende Wände um uns herum. Hier draußen ist nur Weite, da können alle möglichen Gefahren drohen, und unsere Instinkte sind deshalb hellwach. Aber dieser Strand ist ein sicherer Platz, und wir sind eine große Gruppe. Da traut sich so schnell keiner heran, denn gemeinsam sind wir stark.

Das wird anders werden, wenn wir erst mal im Meer draußen sind. Das ist eben der Preis der Freiheit, und den zahlen wir gern. Zumindest ich, da bin ich sicher.

„Denkt ihr, sie werden uns zurückholen?“, fragt Nööle einmal in einer wachen Minute.

„Nein.“ Da sind Pünktchen und ich einer Meinung.

Dann schlafen wir beruhigt weiter.

Schon bei den ersten Sonnenstrahlen bricht Unruhe aus. Manche können es gar nicht erwarten, sich ins Meer zu stürzen. Die Flut ist da und es ist kein weiter Weg mehr ins Wasser. Die Verlockung ist schon groß, und in mir kribbelt es bis in die Flossenspitzen.

Der Strand ist ganz schön voll, aber das wird sich bald ändern. Einer nach dem Anderen stürzt sich in die Fluten und die Köpfe tanzen auf den Wellen auf und ab. Im Wasser versammeln sich alle, sie warten auf das Signal.

Mama sehe ich auch gerade eintauchen. Kurz darauf kommt sie wieder hoch und ruft nach mir.

„Ole! Worauf wartest du noch?“

Pünktchen und Nööle sind jetzt nicht mehr zu halten, sie springen hinterher. Jubelnd toben sie durch das Wasser und spritzen sich gegenseitig an.

„Was ist, Ole? Warum kommst du nicht?“, fragt Nööle.

„Wartet noch ein bisschen!“, antworte ich.

Ja, worauf warte ich eigentlich? Ich weiß es selbst nicht so genau. Alles in mir will, dass ich mich ins Wasser stürze und mit meinen beiden Freunden davonschwimme.

Doch irgendetwas hält mich zurück. Es ist, glaube ich, Siri.

Ich habe mich nicht von ihr verabschiedet. In letzter Zeit habe ich sie vernachlässigt, und sie war traurig deswegen. Jetzt fühle ich mich schuldig und vermisse sie auch. Von den Menschen war sie meine beste Freundin. Sie hat nach mir gesucht, als ich entführt wurde.

„Ooole!"

„Nur noch einen Moment, Nööle, bitte! Du musst das verstehen!"

„Na gut, aber lange warten wir nicht mehr!"

Das ist Unsinn, denn wir verpassen ja nichts. Trotzdem kann ich sie verstehen, schließlich kann ich mich selbst kaum mehr zurückhalten. Einerseits. Andererseits will ich auf Siri warten.

Ich seufze tief: Da stecke ich schön in der Zwickmühle. Die Ersten starten jetzt, eine ganze Gruppe zieht davon. Die anderen werden bald folgen, es gibt für sie kein Halten mehr. Nööle und Pünktchen werden auch nicht bis in alle Ewigkeit auf mich warten. Das steht fest, Freundschaft hin oder her.

Aber ich kann noch nicht gehen.

Die Sonne steigt, und immer mehr Robben verschwinden. Jetzt sind fast nur noch meine Freunde und ihre Mütter da. Auch meine Mama wartet, und natürlich Nööle und Pünktchen.

Ich muss dem Wasser folgen, das sich bereits wieder zurückzieht und das Watt freigibt.

„Ole, komm jetzt!" Nööle hat einen Befehlston drauf. „Es ist bald Mittag, und wir warten nicht mehr auf dich! Dann bleibst du eben da!"

Ich hopple verzweifelt auf und ab, ein paar Wellen umschmeicheln bereits meinen Bauch. Ich komme dem Wasser immer näher, und ich weiß, bei der ersten größeren Welle bin ich weg.

„Ooole!“, plärrt Pünktchen.

„Ja! Ja doch, ich komme schon!“

Also gut, ich habe lange genug gewartet, es hat keinen Sinn mehr. Siri wird nicht kommen, und ich kann ihr nicht auf Wiedersehen sagen. Sie wird es schon verstehen. Hoffe ich.

Ich will gerade ins Wasser, da höre ich Schreie hinter mir.

„Ole! Ole, warte!“

Mein Kopf fährt herum. Siri! Und hinter ihr kommen Robert und seine Freunde! Sie rennen, so schnell sie können, und sind ganz außer Atem, als sie bei mir ankommen.

Siri lacht und weint und fällt mir um den Hals. „Ole, ich bin ja so glücklich, dass wir dich noch gefunden haben!“

„Das hat sie natürlich uns zu verdanken!“, sagt Robert stolz.

„Ganz recht!“, ruft einer seiner Freunde. „Mann, sind das alles Robben da draußen?“

„Nur noch ein kleiner Teil, die meisten sind schon weg“, erkläre ich.

„Guck mal, die drei da, die scheinen Ole was zuzurufen!“ Ein anderer deutet entzückt auf meine Freunde und Mama. „Warten die etwa auf ihn?“

Siri nickt. „Ich glaube schon. Ole hat hier auf mich gewartet, denn sie brechen wohl alle auf.“

„Meinst du wirklich, der hat gewartet?“

„Na klar, oder was denkst du, weshalb ich hier liege? Um Wattwürmer zu zählen?“, antworte ich.

Die anderen reden alle durcheinander, sie sind völlig aufgelöst. Überhaupt nicht so griesgrämig und angeberisch wie das letzte Mal. Sie versuchen sich gegenseitig beim Fährtenlesen zu übertrumpfen und dabei, wer die meisten Wattwürmer gezählt hat! Ich kann es kaum glauben!

„Das macht richtig Spaß!“, stellt der Wortführer fest. „Gut, dass du uns rausgeklingelt hast, Robert!“

„Ist eh ein gutes Lauftraining!“, meint Robert. „Und ich konnte Siri doch nicht im Stich lassen.“

Wie bitte? Hab ich mich da verhört? Ich blinzle erstaunt.

Auch Siri guckt verdutzt. „Wie meinst du das?“

„Ach, na ja, ich ... Es tut mir Leid, Siri! Du bist wirklich in Ordnung, und ich möchte gerne, dass wir wieder Freunde sind. Einverstanden?“, sagt Robert verlegen. Dann streckt er abwehrend die Hände hoch. „Aber umarm mich jetzt bloß nicht!“

Siri lacht. „Nein, das tu ich nicht. Aber wir werden wieder Freunde, Robert! Mir tut auch Leid, was ich zu dir gesagt habe. Fußball ist eigentlich gar nicht so doof. Papa hat mir die Regeln erklärt, und ich finde es ganz lustig. Ich würde gern mal bei euch zugucken, wenn ich darf.“

Robert schaut seinen Freund an. So gut gelaunt, wie er heute ist, stimmt er sofort zu. „Wir könnten auch öfter mal bei den lustigen Robben vorbeischauen oder hier am Strand spielen. Das ist doch nicht schlecht“, schlägt Robert vor.

„Ja, nicht übel. Jetzt haben wir uns erst mal eine ordentliche Mahlzeit verdient, ich habe einen Bärenhunger!“

„Ich auch!“, lacht Siri. „Und danke, ohne euch hätte ich Ole nie gefunden!“

Bei ihnen scheint wieder alles in Ordnung zu sein. Das beruhigt mich. Endlich lacht Siri wieder und nur darauf kommt es an.

Siri wendet sich zum Gehen. „Komm, Ole, wir gehen heim!“

Nach ein paar Schritten merkt sie, dass ich ihr nicht folge.

„Oh“, macht sie leise.

Ich lasse den Kopf hängen. Traurig bin ich sowieso schon. „Verzeih mir, Siri, ich kann nicht mit dir gehen“, fiepe ich. Ich drehe den Kopf zum Meer. „Dort gehöre ich hin. Das ist nun mal so. Robben und Menschen sind zu verschieden, auch wenn sie manchmal Freunde sein können. Doch zusammenleben – das geht einfach nicht.“

Siris Gesicht verzieht sich. „Dann ist es also wirklich ernst? Es ist so weit?“

Ich nicke. „Öck! Öck!“

„Ja, was? Wir haben das ganz umsonst gemacht? Er kommt gar nicht mit?“, ruft Roberts Freund entgeistert.

„Sieht ganz danach aus“, nickt Robert. „So war es ja auch von Anfang an geplant. Die Heuler werden in der Station aufgepäppelt, bis sie selbstständig sind, und dann wieder ausgewildert. Das haben wir doch gewusst, Siri.“

„Aber das macht es nicht leichter“, schluchzt Siri unter Tränen. „Ich hab Ole doch so gern!“

„Siri, ich hab dich auch sehr gern.“ Ich robbe zu ihr und stupse sie leicht an. Diesmal wirklich nur ganz leicht, damit ich sie nicht umwerfe. „Deshalb habe ich auch gewartet, um dir auf Wiedersehen sagen zu können.“

„Ja, dann hat er wirklich auf sie gewartet, ihr habt vorhin gar nicht gealbert? Deswegen ist er noch nicht weg so wie die anderen?“, ruft einer verblüfft.

„Ja, und seine Freunde warten dort auf ihn!“, antwortet ein anderer Freund von Robert. „Stark! Ich wusste ja gar nicht, dass die so sind. Ich dachte immer, Tiere sind blöd!“

Na, das habe ich jetzt überhört!

Siri legt ihre Arme ein letztes Mal um meinen Hals. „Ich hab so sehr gehofft, dass du doch mitkommst, Ole.“

„Komm schon, Siri, so ist es doch viel besser. Ole geht dahin, wo er hingehört“, meint Robert altklug und legt den Arm um ihre Schultern. „Sieh mal, er hat extra auf dich gewartet, mehr Beweise brauchst du nicht. Er mag dich und ihr seid Freunde. Vielleicht kommt er ja eines Tages wieder. Und wenn nicht, wird es jedes Jahr Heuler geben, die uns brauchen. Wir können für sie das Gleiche tun, was wir für Ole getan haben."

Siri nickt. „Trotzdem wird Ole immer etwas ganz Besonderes sein. Einen wie ihn gibt es bestimmt nicht noch einmal!"

Das will ich doch stark hoffen! „Öck!"

„Ooole, hast du's jetzt endlich?", brüllt Nööle im Meer. Ich glaube, sie ist nun wirklich mit ihrer Geduld am Ende.

„Ja, du Nervensäge, ich komme schon!", belle ich zurück. „Du tust gerade so, als ob gleich die Welt untergeht!"

„Ach, red nicht so viel, du alter Angeber, und komm jetzt her!"

Siri lacht. „Du scheinst ja schon fest vergeben zu sein, Ole! Geh nur ruhig. Es ist alles gut. Schwimm gut, pass auf dich auf, sei vorsichtig – und komm vielleicht mal wieder!"

Sie geht einen Schritt zurück und winkt mir zu.

Nun ist es endgültig so weit. Ich robbe zum Meer. Zwischendurch halte ich noch mal an und drehe mich zu Siri um. Sie winkt, Robert ebenfalls. Und seine Freunde zählen entweder Wattwürmer oder veranstalten eine Sandschlacht.

Das Meer ist nicht mehr weit, gleich bin ich drin. Da ist schon die erste Welle.

Noch einmal drehe ich mich um. „Öck! Öck!“

Siri winkt immer noch.

Dann stoße ich mich ab und bin im Meer. Was für ein Gefühl! Ich tauche unter und komme prustend wieder hoch, drehe mich um mich selbst, mache einen Luftsprung und tauche platschend wieder unter. Es ist alles so weit, so leicht und so einzigartig! Das lässt sich mit nichts vergleichen!

Ich schwimme zu meinen Freunden und meiner Mama, die mich glücklich und lautstark öckend empfangen. Jetzt sind wir endlich alle zusammen, und das große Abenteuer kann beginnen.

Ein allerletztes Mal drehe ich mich um und verabschiede mich von Siri und Robert.

Sie stehen da und winken. „Auf Wiedersehen, Ole, und alles Gute!“, brüllen sie im Chor.

Dann tauche ich unter, und das Abenteuer beginnt!

Tiere
Freunde fürs Leben

Die spannende Buchreihe zum Magazin

Lies selbst, welche Abenteuer unsere kleinen Freunde in den anderen Büchern erleben! Die Helden wie Einstein, der Golden Retriever, oder Sunny, das süße Haflingerfohlen, erzählen dir ihre spannendsten Geschichten auf dem Weg zum Erwachsenwerden. Sei neugierig, was sie zu berichten haben ...

Mira, die Heldin
Band 1 ISBN 3-89748-229-0

Cleos großer Sieg
Band 2 ISBN 3-89748-230-4

Gib nicht auf, Max!
Band 3 ISBN 3-89748-231-2

Minka, wo bist du?
Band 4 ISBN 3-89748-232-0

Einsteins beste Idee
Band 5 ISBN 3-89748-303-3

Fees großer Auftritt
Band 6 ISBN 3-89748-304-1

Sunny jagt den Dieb
Band 7 ISBN 3-89748-376-9

Minni kommt groß raus
Band 8 ISBN 3-89748-501-x

Lena & Niko, endlich daheim!
Band 9 ISBN 3-89748-502-8

Wohin gehörst du, Ole?
Band 10 ISBN 3-89748-592-3

Weitere Bände in Vorbereitung!

Dino

Jetzt im Handel

Band 9

ISBN 3-89748-502-8

Es ist ein bitterkalter Winterabend, als die beiden Kartäuserkätzchen Lena und Niko von einer netten Familie aufgenommen werden. Ein paar Fragen lassen ihnen aber einfach keine Ruhe: Woher kommen sie eigentlich? Wer ist ihre Mutter? Sie müssen das Rätsel lösen …

Hast du auch Probleme? Dann frag ...
Sabrina
total verhext!
It's magic!
Band 8 Sabrina – Verflixtes Glück! ISBN 3-89748-504-4
Band 9 Sabrina – Jetzt schlägts dreizehn! ISBN 3-89748-612-1
Band 7 Sabrina – Hokus-pokus, Hund und Harvey ISBN 3-89748-438-2
Band 6 Sabrina – Magic Love ISBN 3-89748-295-9
Band 5 Sabrina – Sabrina macht Geschichte! ISBN 3-89748-222-3
Band 4 Sabrina – Gefährlicher Glitter ISBN 3-89748-165-0
Band 1 Sabrina – Total verhext! ISBN 3-932268-32-6
Band 2 Sabrina – Ausgetrickst! ISBN 3-932268-85-7
Band 3 Sabrina – Hexe hin, Hexe her ISBN 3-89748-145
An ihrem 16. Geburtstag erfährt Sabrina von ihren Tanten Zelda und Hilda, dass sie eine Hexe ist. Nachdem sie den ersten Schock überwunden hat, findet sie an ihren Kräften durchaus Gefallen. Leider klappt die neuerlernte Kunst des Hexens nicht immer ganz richtig, und dann läuft einiges schief.
Überall, wo's Bücher gibt!
Oder bestellen: Dino-Leserservice, Greutterstr. 21, 70499 Stuttgart, Fax 0711/838 8621. Jeder Roman € 8,95 (D) (zzgl. Versandkosten)
Dino entertainmen
www.DinoAG.
© 1997–2002 by Viacom Productions Inc. All rights reserved
Total verhexter Zauberspaß, der nicht im Fernsehen gezeigt wird!